소드마스터 힐러님

침략자 퓨전 판타지 장편소설

WISHBOOKS FUSION FANTASY STORY

소드마스터 힐러님 8

침략자 퓨전 판타지 장편소설

초판 1쇄 찍은 날 | 2019년 8월 13일
초판 1쇄 펴낸 날 | 2019년 8월 21일

지은이 | 침략자
펴낸이 | 예경원

기획 | 위시북스
편집책임 | 이규재
편집 | 위시북스

펴낸곳 | 예원북스
등록번호 | 제396-2012-000132호
등록일자 | 2012. 7. 25
KFN | 제1-455호

주소 | 경기도 고양시 일산동구 호수로 646-24 위너스21II빌딩 206A호 (우)10401
전화 | 031-819-9431 팩스 | 031-817-9432
E-mail | yewonbooks@naver.com

ISBN 979-11-365-0063-2 04810
       979-11-6424-130-9(set)

Wish
Books

소드마스터힐러님

침략자 퓨전 판타지 장편소설

WISHBOOKS FUSION FANTASY STORY

8

CONTENTS

1장
반격의 날이 찾아오다(2)

"크윽……."

시야는 흐릿하고 몸은 죽어가고 있었다. 고개를 들어 주변을 살폈다.

인간, 마물들의 시체가 가득한 평원의 중심에서 살아남은 소수의 강자가 그를 포위하고 있었다.

로우켈은 입술을 살짝 깨물었다.

'여기까지인가……?'

애초에 살아남기 위해 싸운 것이 아니었다. 최대한 많은 적을 길동무로 삼기 위해 리도니아 대평원에 나온 것이었다.

13기사회의 검성 대부분을 죽이고 제국의 추격대 5만을 전멸시켰다. 뒤늦게 합류한 종족 연합의 3만 군대 중에서도 2만에 가까운 수를 쓰러뜨렸다.

후회는 없었지만 아쉬움이 밀려오는 것은 어쩔 수 없었다.

'황제를 죽였어야 했는데……'

당시에는 동귀어진의 각오가 부족했었다. 어쩌면 황국에서 1차 기습을 당했을 때 마음만 먹었다면 황제를 죽일 수 있었을지도 몰랐다.

하지만 가정은 부질없었기에 그는 곧 고개를 저으며 깨끗하게 포기했다.

"역시 13기사회에서도 최강의 검성이라고 불리는 최고 기사 로우켈답군."

싸늘한 목소리와 함께 어둠 속에서 누군가 다가왔다. 죽어가는 몸뚱이의 시야가 흐릿해서 그가 바로 앞까지 다가온 뒤에서야 얼굴을 알아볼 수 있었다. 종족 연합의 뱀파이어 대표이자 대공의 작위를 가지고 있는 리블하인이었다.

"리…… 블하인……"

"최고 기사의 기억에 남아 있다니…… 이거 영광이군."

간신히 살아남아 헐떡대고 있는 다른 검성들과 달리 그는 늦게 도착했기 때문에 멀쩡한 모습이었다. 그는 로우켈을 향해 무심한 시선을 던지며 말했다. 조롱하는 듯한 목소리였다.

이윽고 또 다른 기척과 함께 거구의 오우거 둘이 나타났다. 오우거 대표 베그와 칠흑 암석 오우거 부족장 루키두였다. 베

그는 침착한 표정이었지만 루키두는 잔뜩 화가 나 있었다. 그는 로우켈을 향해 다가가 도끼를 휘둘렀다.

"큭!"

짧은 신음과 함께 왼팔이 잘려 나갔다.

로우켈은 말없이 살기를 담은 눈빛을 보냈다. 다 죽어가는 몸이었지만 시선에 실린 살기는 부족장인 루키두조차 일순간 한 걸음 뒤로 물러나게 만들 정도였다.

"다 죽어가는 놈이!"

루키두는 두려움을 잊기 위해 허공에 대고 거대한 도끼를 마구 휘둘렀다.

"진정해라. 루키두."

베그가 말했다.

종족 연합의 군대가 뒤늦게 도착했다고는 하지만 로우켈과 맞서다 2만에 가까운 이들이 쓰러졌다. 그들 중에서는 루키두의 칠흑 암석 부족원들도 다수 있었다. 그래서 그는 지금 화가 나 있는 상태였다.

"죽여라."

로우켈이 말했다. 왼팔이 날아갔으며 전신의 뼈가 박살 났다. 그리고 심장을 포함한 중요한 급소 여러 곳이 찔리고 베였다. 출혈도 심해서 위대한 성녀라도 데려오지 않는 한 살아날 가능성은 없었다.

그는 모든 것을 포기했다. 단호하게 죽이라고 말했지만 루키두는 입꼬리를 끌어 올려 사악한 미소를 지었다.

"우리가 너를 쉽게 죽일 것 같아?"

고문이 시작되었다.

"이, 이럴 수가……."

휘둘러진 검이 오우거 대전사의 복부를 시원하게 그었다. 오우거 대전사는 쏟아지는 내장들을 보며 허망한 표정으로 고개를 저었다.

극심한 고통을 견디는 게 쉽지 않았다. 그는 과다 출혈로 인한 현기증을 느끼고는 비틀거렸다. 그 틈에 성준이 휘두른 검이 오우거 대전사의 목을 베었다.

쿵!

거구가 힘없이 쓰러지자 짧은 지진이 발생한 것 같은 착각이 들 정도로 지면이 순간적으로 흔들렸다.

"질풍검."

성준은 검을 휘두르는 것을 멈추지 않았다. 질풍검을 사용하자 전방에 모여 있던 중무장 오우거들이 피를 쏟으며 쓰러졌다. 집결한 수비대를 전멸시킨 그는 보스로 추정되는 강한 마력이 느껴지는 곳으로 발걸음을 재촉했다.

오우거들이 앞을 막았다. B급 마물에 불과했지만, 수가 많다 보니 흡수를 사용해도 결과적으로 소모되는 마력이 많았다.

'기술을 낭비하지 않는 게 좋겠어.'

성준은 생각했다.

중무장 오우거도 기술을 사용하지 않고 처리할 수 있을 정도였다.

마력을 아낀 탓에 시간이 조금 걸렸지만, 보스가 있는 곳까지 무난하게 도착할 수 있었다. 그의 앞에 익숙한 외견의 오우거가 모습을 드러냈다.

"역시 칠흑 암석 부족이었네."

성준은 혼잣말을 중얼거렸다.

대전사 둘과 함께 모습을 드러낸 오우거는 리도니아 대평원에서 로우켈을 고문하는 것에 앞장섰던 루키두였다.

"여기까지 온 걸 보니까 보통 실력이 아닌 모양이구나!"

루키두가 어눌하게 말했다.

"힐."

성준은 대답 대신 힐로 부상을 회복하여 몸 상태를 최상으로 끌어 올렸다. 여기까지 오면서 피로가 누적되기는 했지만, 전투에 지장을 줄 정도로 심한 수준은 아니었다.

성준은 부상이 완전히 회복된 것을 확인하기 무섭게 검을 들어 올려 전투 자세를 갖췄다.

루키두의 말에 굳이 대답은 하지 않았다.

"내 말을 무시하는 거냐?"

루키두는 다혈질이었다. 성준이 무시하는 듯한 모습을 보이자 그는 발끈하여 도끼를 들어 올렸다. 오우거 대전사 둘이 앞으로 나섰고 뒤에서 대기하고 있던 오우거 제사장이 주술을 캐스팅했다.

성준은 오우거 제사장을 향해 살기를 가득 품은 시선을 던졌다.

"크윽!"

오우거 제사장은 S급 마물이었지만 SS급 헌터이며 전생에 최고 기사였던 성준이 마음먹고 뿌린 살기에 멀쩡할 수는 없었다. 큰 타격을 받은 것은 아니었지만 캐스팅이 잠깐 멈출 수밖에 없었다. 그리고 성준은 그 틈을 놓치지 않았다.

"석화!"

석화 광선이 오우거 제사장의 상체에 명중했다. 그는 순식간에 돌로 변했다.

부족장 루키두는 놀란 기색을 감출 수 없었다.

"서, 석화라고?"

석화 저주를 담은 광선을 쏘는 것은 희귀하면서도 수준 높은 기술이었다.

루키두는 대전사 둘에게 손짓을 했다. 달려가서 성준의 앞을 막아 방패가 되라는 의미였지만 그들은 부족장의 명령을 따를 수밖에 없었다.

오우거 대전사 둘이 성준의 앞을 막는 동안 루키두는 도끼에 불어 넣은 오러를 날려 보냈다. 예기를 머금은 오러는 바람을 가르며 날아가 성준을 노렸다.

-회피하는 게 좋을 것 같습니다. '강타' 수준의 오러를 날린 것 같습니다.

리슈발트가 냉정하게 평가했다.

오러를 강화하여 공격하는 것을 '오러 강타'라고 부른다. 오러를 통제하는 실력이 뛰어난 이들은 강화한 오러를 날려 보낼 수도 있다고 한다.

루키두도 둔해 보이는 외견과는 달리 정교한 오러 컨트롤을 자랑하는 실력자였다.

리슈발트는 당연히 성준이 강화된 오러를 받아내지 못할 것이라고 생각했다.

하지만 다음 순간 성준의 행동은 리슈발트는 물론이고 루키두조차 놀라게 만들었다.

"하앗!"

성준이 강화된 오러를 기합과 함께 흘려보낸 것이었다.

그것은 고도의 검술을 요구하는 기술이었기 때문에 루키두는 경악했다.

"거, 검성이었나?"

강화된 오러를 평범한 오러로 흔들림 없이 흘려보낼 정도의 검술을 가진 존재는 검성밖에 없었다. 루키두가 놀라는 것도 당연했다.

-역시 주군이십니다!

리슈발트도 놀란 것은 마찬가지였지만 그는 적어도 성준이 제국에서도 강력한 검성들로 구성된 13기사회의 최고 기사라는 사실을 알고 있었기 때문에 루키두보다는 덜 놀랐다.

"쳐, 쳐라!"

루키두가 외쳤다.

오우거 대전사 둘이 뒤늦게 도끼와 몽둥이를 휘둘렀다. 그들이 휘두른 무기가 매섭게 허공을 갈랐다.

하지만 성준은 이미 고속 이동술을 펼쳐서 그들의 뒤로 이동한 뒤였다. 표적을 잃은 몽둥이가 지면을 강타했고 도끼는 아무것도 없는 허공을 베었다.

"커헉!"

그리고 도끼를 휘둘렀던 오우거 대전사가 붉은 피를 토해내며 휘청거렸다. 쓰러지지는 않았지만, 자세가 완전히 무너지면서 무릎을 꿇게 되었다. 후방에서 성준이 휘두른 검에 당한 것이었다.

"제, 제기랄!"

"늦어."

몽둥이를 든 오우거 대전사는 급히 몸을 돌리며 뒤로 물러나려 했지만, 성준은 입꼬리를 끌어 올리며 그를 조롱했다.

오우거 대전사의 움직임은 S급 마물답게 평범한 사람의 눈에는 잔상조차 보이지 않을 정도로 재빨랐다.

하지만 SS급 헌터인 성준에게는 너무나 선명하고 느리게 보였다.

"끄르르륵!"

내찔러진 검이 오우거 대전사의 목을 꿰뚫었다. 가래 끓는 듯한 소리와 함께 그의 목이 꺾였다.

"리슈발트!"

성준은 급속도로 가까워지는 기척을 느끼고 리슈발트에게 마력을 전달했다. 충직한 영혼 부관은 자신의 주군을 노리는 칠흑 암석 오우거 부족장 루키두를 향해 검을 휘둘렀다.

"커헉!"

루키두는 뭔가의 접근을 느끼고 급히 몸을 틀었지만 보이지 않는 검격을 완전히 피하지 못했다.

리슈발트의 검은 루키두의 복부를 깊이 베었다. 복부가 열리고 내장 조각 일부가 붉은 피와 함께 울컥 쏟아졌다.

치명적인 고통으로 인해 루키두의 자세가 흔들렸다.

다시 한번 성준의 검이 휘둘러졌고 루키두의 오른팔이 날아갔다. 그가 들고 있던 도끼가 땅에 떨어지면서 묵직한 소음을 자아냈다.

"큭!"

루키두는 고통을 이겨내지 못하고 짧은 신음을 흘렸다. 그는 황급히 뒤로 물러났지만, 성준은 곧바로 고속 이동술을 펼쳐서 추격했다. 하지만 루키두 또한 오우거답지 않게 움직임이 빨랐다. 그는 부하들 틈으로 몸을 숨겼다.

"방해다."

성준은 싸늘한 시선을 흩뿌리는 것과 동시에 검을 휘둘렀다. 수십의 중무장 오우거가 피를 쏟아내며 쓰러졌다. 상위 티어라고는 하지만 B급 마물에 불과한 그들은 성준의 상대가 되지 못했다.

앞을 막는 중무장 오우거들을 쓰러뜨린 성준은 루키두를 향해 몸을 날리며 검을 휘둘렀다. 그것은 마치 돌풍과도 같았다.

칠흑 암석 오우거 부족장 루키두는 황급히 고속 이동술을 펼쳤지만, 성준보다 빠르지 않았기에 상체에 부상을 입고 말았다.

"끝이라고 생각하지 마라!"

성준은 검을 회수하며 한 걸음 앞으로 다가섰다. 동시에 마력을 끌어 올리며 입을 열었다.

"환영검!"

"이, 이 검술은?"

31개의 환영검이 루키두를 노렸다.

그는 화려한 연격에 당황했지만, 곧 침착하게 전신에 오러를 두르는 것과 동시에 그것을 강화했다. '강화 오러 아머'였다.

"커헉!"

오러 아머를 강화했지만 환영검 31개를 모두 막아내는 것은 무리였다. 회피까지 시도했지만 13개의 환영검이 오러 아머에 명중했고 그중 하나가 왼쪽 다리를 깨끗하게 잘라냈다.

오른팔과 왼쪽 다리를 잃은 루키두는 힘없이 무너져 내렸다.

"이, 인간…… 로우켈과 무슨 사이냐…….."

루키두가 물었다.

환영검은 로우켈만 알고 있는 검술이었다. 리도니아 대평원에 뒤늦게 도착했었지만 '환영검'을 사용하는 로우켈을 본 적 있었다. 그래서 '환영검'에 대해서 어느 정도는 알고 있었다.

"힐."

성준은 대답대신 루키두의 상처를 '지혈'했다. 지혈만 했을 뿐 치유하지는 않았다.

"무…… 슨……?"

"쉽게 죽일 거라고 생각하지 마. 리도니아 대평원에서 있었던 일을 나는 잊지 않으니까."

성준이 말했다. 루키두는 영문을 알 수 없다는 표정이었다.
그런 그를 보며 성준은 씨익 웃었다.

"천천히 생각해. 시간은 많고 널 도와줄 마물은 없으니까."

2장
여명의 기사

"도…… 대체 로우켈과 무슨 사이길래……."

루키두가 힘없는 목소리로 물었다. 계속된 고문으로 정신이 피폐해져 있었다.

사지가 모조리 잘렸지만, 성준의 '힐' 때문에 죽지 않았다. 그가 고통을 이기지 못하고 혀를 깨물어 자살을 시도하면 성준은 다시 '힐'을 사용했다. SS급 회복계 헌터인 성준에게 있어서 잘린 혀를 '힐'로 복원하는 것은 어려운 일이 아니었다.

자살조차 하지 못하고 고문으로 고통받는 것은 미칠 노릇이었다. 루키두는 자신의 정신력이 강하다고 생각하고 있었지만, 오늘 그 생각을 철회할 수밖에 없었다.

-훌륭한 고문입니다.

리슈발트가 감탄할 정도로 성준의 고문 기술은 수준급이었다. 전생에 익힌 고문 기술에다가 강력한 힘까지 더해지자 최고의 고문 기술자가 탄생한 것이나 다름없었다.

루키두에게는 안된 일이었다.

"내가 방금 말하지 않았어? 리도니아 대평원에서의 일을 잊지 않았다고……."

"그, 그럴 리가…… 로우켈은 죽었다!"

루키두는 발악하듯 외쳤다.

종족 연합 최대의 적이었던 로우켈이 돌아왔다면 그것은 보통 심각한 일이 아니었다. 악몽이 다시 시작되는 것이었다.

"그건 중요한 게 아니야."

"크아아아악!"

성준은 단검을 들어 올렸다. 다시 고문이 시작되었다.

고통에 찬 비명이 칠흑 암석 오우거 부족 마음에 울려 퍼졌지만, 성준의 말대로 그를 도와줄 이는 아무도 없었다.

끔찍한 고통의 시간 속에서 기절을 반복한 끝에 루키두는 정신을 완전히 놓아버렸다. 고문이 시작되고 3시간 만에 벌어진 일이었다.

-끝내도 될 것 같습니다.

리슈발트가 말했다. 성준은 고개를 끄덕이며 검으로 루키두의 목을 겨눴다.

이대로 끝내는 것은 아쉬웠지만 더 이상의 고문은 의미 없었다.

푸욱!

검의 끝을 루키두의 목으로 밀어 넣었다. 붉은 피가 튀었다. 루키두의 목이 힘없이 꺾였다.

"흡수."

성준은 전장의 마물 시체들에서 체력과 마력을 흡수했다.

-동조율이 65%가 되었습니다.

리슈발트는 성준의 변화를 감지하고서는 보고했다.

"달라진 건?"

-이제 일시적인 강화를 통한 오러 강타를 사용할 수 있게 되었습니다.

"알 것 같아."

리슈발트의 설명에 성준은 새롭게 흘러들어 오는 기억을 더듬어서 오러 강타와 관련된 필요한 정보를 읽어냈다.

동조율이 오를 때마다 들어오는 기억의 양이 방대해서 리슈발트의 보충 설명이 없으면 필요한 정보를 확보하는 게 어려웠다.

"이제 마정석 루팅해야겠네."

사방에 널려 있는 마물들의 시체를 보며 성준은 한숨을 내쉬었다.

여기는 이계였기 때문에 마물의 심장 부근에서 마정석을 직접 꺼내야만 했다. 비싼 값에 팔리니까 루팅은 필요했다.

-그래도 조금이나마 복수를 했으니 기쁘지 않습니까?

리슈발트가 말했다.

성준은 미소를 머금은 채 고개를 끄덕였다.

"그건 그래."

마정석을 루팅하는 것에는 꽤 오랜 시간이 걸렸지만, 종족 연합에게 진 빚을 조금이나마 갚아준 덕분에 기분이 좋았다. 그리고 다음에 길드원들과 함께 오면 더욱 수월하게 루팅을 진행할 수 있을 것 같았다.

"이제 집으로 가자."

성준은 '제로스의 차원 열쇠'를 다시 작동시켰다. 남아 있던 마력이 지구로 돌아가는 차원 관문을 생성했다. 차원 관문에 들어서기 무섭게 백색의 섬광이 눈앞을 뒤덮었다. 시야가 정상적으로 회복되자 주변을 둘러볼 수 있었다. 차원 관문을 열었던 던전의 보스방이었다.

성준은 아무 일도 없던 것처럼 던전을 나와 직원에게 클리어 사실을 알렸다. 그리고 이계에서 얻은 것을 제외한 마정석들을 매각하기 위해 던전 관리국을 찾았다.

"어서 오세요. 헌터님."

전용 창구로 이동하자 담당 직원인 한소은이 성준을 반갑게 맞이했다. 성준은 그녀의 앞에 앉은 뒤, 차원 주머니에서 마정석이 가득 담긴 배낭을 꺼내 올려놓았다.

"이번에 A급 던전의 공략을 끝내셨네요? 고생이 많으셨습니다."

소은은 컴퓨터로 성준의 던전 공략 일정을 조회했다. 헌터의 공략 일정은 관리국 직원이라면 쉽게 조회할 수 있다. 그래서 이계에서 획득한 마정석까지 정식 루트를 통해 던전 관리국에서 매각하면 의심을 피할 수 없게 된다.

분명 A급 던전을 공략했는데 S급에 준하는 양과 순도를 가진 마정석을 내놓는다면 조사를 받게 될지도 몰랐다.

"마정석 매각을 부탁합니다."

"잠시만 기다려 주시겠어요?"

성준이 고개를 끄덕이자 소은은 마정석 매각 절차를 밟았다. 성준은 던전 관리국의 VIP였고 전용 창구를 담당하고 있는 소은의 실력도 좋은 편이라서 금세 매각 절차가 끝났다.

"정산금이랑 계좌를 확인해 주시겠어요?"

소은이 말했다.

"확인했습니다."

"지금 입금할게요."

성준이 대답 대신 고개를 끄덕이자 소은이 지정된 계좌로 정산금을 입금했다.

"수고했습니다."

성준은 던전 관리국을 나왔다. 마침 현성이 근처에 있었기에 그와 만나서 간단하게 커피를 한 잔 마시고는 저택으로 돌아왔다.

⚜

그는 저택에 도착하기 무섭게 정철을 밀실로 호출했다.

얼마 지나지 않아서 밀실의 문이 열리고 정철이 걸어 들어왔다. 경매장에서 조금 전에 퇴근한 것인지 단정한 정장 차림이었다.

"부르셨습니까?"

"어서 와."

"마침 보고드릴 일이 있어서 기다리고 있었습니다."

"보고?"

성준은 두 눈을 가늘게 뜨고 반문했다. 바로 떠오르지 않았지만, 이윽고 정철이 보고할 만한 내용이 떠올랐다.

그는 차분한 표정으로 입을 열었다.

"연구소장의 감시역 때문이야?"

"네. 책임 연구원이었던 주성은이 연구소장직을 성공적으로 인계받았으며, 잘 적응하고 있다는 보고입니다."

정철은 고개를 끄덕이며 대답했다.

성준은 만족스러운 표정으로 미소를 지었다.

“잘 되었네.”

“감시역 3명의 배치도 끝났습니다.”

“믿을 만한 사람들이지?”

“물론입니다. 믿을 수 있는 이들로 철저하게 선별했습니다.”

정철은 언제나 확실하게 일을 처리해왔다. 사람을 판단하는 기준이 성준보다 더욱 엄격해서 그를 믿을 수 있었다.

“그리고…… 하나 더 보고할 게 있습니다.”

“말해.”

“길드장님께서 던전 공략을 하시는 동안 미국에서 연락이 왔습니다.”

“미국에서?”

성준은 두 눈을 가늘게 뜨고 다시 물었다. 미국에서 연락해 올 일이 없기 때문이었다. 국제적인 이계 대응 위원회에 대한 문제가 있긴 했지만, 미국이 벌써 다른 국가들을 설득했을 리가 없었다.

“강수혁 씨를 위해서 전 세계에서 최고 수준의 의료팀을 보내준다고 했습니다. 아마도 뉴욕에서의 보답인 것 같습니다.”

“반가운 소식이네.”

정철의 말에 성준은 미소를 지었다.

해외에서 이진호를 불러왔다고는 하지만 그를 제외한 의료팀은 국내파였다. 국내 최고 수준이긴 하지만 세계적인 일류

의료팀과 비교하면 부족한 수준이었다.

뉴욕에서의 일이 아니더라도 성준이 워싱턴에서 미국에 침투한 이계인들의 척살을 도와준 일 때문이기도 했다.

"좋은 일이야. 언제쯤 도착할 예정이래?"

"소집은 끝났다고 전달받았습니다. 아마 주말이 되기 전에 도착할 것 같습니다."

정철이 대답했다.

성준은 고개를 끄덕였다. 주말이 되기까지 이틀도 남지 않았으니 미국에서 일을 빨리 진행하고 있다는 것을 알 수 있었다.

"그건 그렇고 여분의 마정석이 있는데 처리해 줄 수 있지? 불법으로 얻은 것들은 아니야."

성준이 말했다. 무대만 이계로 바뀌었을 뿐이지 정당한 공략 활동으로 얻은 마정석들이기 때문에 엄밀히 말하면 불법은 아니었다.

"어렵지 않습니다."

"나중에 설명해 줄게."

"곤란하시다면 생략하셔도 됩니다."

정철은 호기심을 자제해야 하는 순간을 구별할 줄 아는 남자였다. 그래서 성준이 그를 좋아했다. 너무 많은 것을 알려고 하는 동료나 부하는 귀찮은 법이었다.

"아니, 이건 말해야 해. 지금은 아니지만."

성준은 조만간에 차원 관문을 넘어서 이계로 가는, 공격 던전이라고 명명한 곳으로 정철을 포함한 로드 길드원들을 데리고 이동하여 공략할 생각이었다. 그렇게 하려면 그전에 간단한 설명 정도는 필요했다.

"혹시 청룡 그룹에 납품하는 방식으로 처리할 수 있어?"

가능하면 설아에게 도움을 주고 싶었다. 로드 길드에서 청룡 그룹에 납품하는 마정석의 양이 많아질수록 설아의 입지가 올라간다는 것 정도는 성준도 알고 있었다.

"윤설아 총무님이 도와주신다면 어려운 일은 아닙니다."

설아는 청룡 그룹의 본부장이면서 로드 길드의 총무였다. 길드 소속인 정철은 설아를 부를 때 '총무님'이라는 직함을 사용했다.

"지금 통화해 볼게."

"자리를 비켜 드릴까요?"

정철은 눈치가 빠른 편이었다. 그는 성준과 설아가 평범한 관계는 아니라는 것을 알고 있었다.

하지만 성준은 고개를 저으며 입을 열었다.

"괜찮아. 업무 이야기만 할 거니까."

그는 망설임 없이 설아에게 전화를 걸었다. 5분간의 짧은 통화를 끝내고 스마트폰을 내려놓으며 성준은 미소를 지어 보였다.

"도와준다고 하네."

불법적인 일이 아니었기 때문에 설아의 입장에서는 리스크가 없으면서 자신에게 이익이 오는 좋은 일이었다. 도와주지 않을 이유가 없었다.

"그러면 비공식적인 루트로 마정석 매각 작업을 진행하겠습니다."

"그래. 수고 좀 해줘."

성준은 고개를 끄덕이며 대답했다. 정철은 밀실을 나오기 무섭게 지시받은 일을 하기 위해 움직였고 성준은 동조율 65%가 된 것을 기념하여 각성 던전에 진입하기 위해 A급 던전 공략 일정을 잡았다.

"이번에는 일정이 많이 밀려 있어요."

던전 관리국에서도 성준을 담당하는 직원인 한소은이 모니터에서 시선을 떼지 않은 채 말했다. 근처에서 생성된 던전을 훑어보았지만 모두 일정이 잡혀 있었다.

"조금 멀리 있어도 상관없습니다. 수도권이기만 하면 돼요."

성준이 말했다.

지금 당장 각성 던전에 진입하고 싶은 급한 마음이 있었다. 차량이 있으니까 이동하는 것에는 어려움이 없었다.

"수도권도 밀려 있네요."

"그렇습니까?"

"그래도 서울보다는 낫네요. 저희 쪽에서 우대해 드릴 수 있을 것 같아요."

"우대라고요?"

"공략 실패 확률이 높은 던전에 배정해 드릴게요. 편법이긴 하지만 강성준 헌터님을 위해서 이 정도는 일도 아니죠."

소은은 작은 목소리로 말했다. 성준은 고개를 끄덕였다.

그녀가 편법을 써준 덕분에 다음날 바로 던전 솔플 일정이 잡혔다. 그는 경호원이 운전하는 차를 타고 성남으로 이동했다. 게이트형 던전이었고 이동하니 정글과도 같은 배경이 성준을 반겼다. 땀이 날 정도로 덥고 습도가 높아서 기분 나쁜 던전이었다.

"불쾌해……."

성준은 불쾌하다는 혼잣말을 수십 번이나 반복하며 보스방을 향해 발걸음을 재촉했다. A급 던전이라서 크기도 작지 않았지만 어떻게든 클리어할 수 있었다.

"리슈발트."

식충 식물과도 같은 모습의 보스를 해치운 성준은 자신을 따르는 충직한 영혼 부관의 이름을 불렀다.

-각성 던전을 열겠습니다.

리슈발트가 마력을 끌어 올렸다.

그리고 그가 다시 눈을 떴을 때는 이전처럼 전장의 한가운데였다. 전장의 한가운데에서 눈을 뜬 성준이 가장 먼저 한 일은 왕국 연합의 깃발을 찾아서 들어 올리는 것이었다.

그는 제국군 전투사제복을 입고 있었고 왕국 연합군에게 충분히 오해를 살 수도 있었기 때문이었다.

"힐링 스프레이!"

왕국 연합군이 자신을 적으로 인식하지 않은 것을 확인한 성준은 고지대로 올라갔다. 그리고 부상병들을 모아놓은 왕국 연합군의 후방을 향해 '힐링 스프레이'를 뿌렸다. 백색의 빛 무리에 닿은 후방의 부상병들이 회복되어 일어섰다.

"여, 여명의 기사다!"

"와아아아!"

누군가 외쳤다. 그러자 환호성이 터져 나왔다.

'여명의 기사'를 연호하는 그들의 시선이 향한 곳에는 성준이 있었다. 바보도 눈치챌 정도로 노골적인 시선 집중이었다.

"여명의 기사……?"

-아마도 주군을 그렇게 부르는 것 같습니다. 중앙 3군의 산도르 장군이 주군의 영웅담을 퍼뜨렸을 수도 있습니다.

성준의 혼잣말에 리슈발트는 조심스럽게 추측했다.

길어지는 전쟁과 좋지 않은 전황 탓에 왕국 연합의 사기는 높지 않았다. 그들에게도 영웅이 필요했고 좋은 타이밍에 성준이 전선에서의 전투를 승리로 이끄는 것에 큰 공을 세웠다.

영웅으로 만들 조건은 충분히 갖췄다고 볼 수 있었다.

"그런가⋯⋯?"

성준은 고개를 끄덕였다. 일리 있는 추측이었다. 다가오는 제국군을 경계하며 전황을 파악하기 위해 주변을 살폈다.

전체적으로 왕국 연합군이 압도적으로 밀리고 있는 상황이었다. 그들은 1천 정도의 병력이 고작이었지만 남아 있는 제국군의 수는 4천이 넘어 보였다.

-지형적으로도 불리하군요. 왕국 연합군의 후방에 강이 있습니다.

리슈발트의 말대로였다. 부상병들이 있었던 후방의 언덕 너머로 큰 강이 흐르고 있었다.

왕국 연합군의 장군이 전력 차이를 극복하기 위해 배수진을 친 모양이었다.

처음의 병력을 알 길은 당장 없지만 지금 상황을 보니 배수진을 친 것이 좋은 결과를 낳지는 못한 것 같았다.

"익숙한 깃발이 많네."

-기사 여단의 깃발은 보이지 않습니다.

"대신 노블 오더가 있어."

성준은 입꼬리를 끌어 올리며 검지로 어딘가를 가리켰다.

그곳에는 노블 오더의 지휘관 깃발이 피 냄새가 짙게 밴 바람에 펄럭이고 있었다.

-자작위의 귀족 지휘관이군요.

리슈발트가 말했다.

노블 오더는 깃발을 보고 부대의 통솔을 맡은 귀족 지휘관의 작위를 알 수 있었다.

노블 오더에서도 '최고 지휘관'으로 전투에 직접 참여하는 이들은 자작이나 백작의 작위를 가지고 있는 귀족 지휘관들이었다. 후작이나 공작급은 대전투가 아니면 전장에 모습을 드러내는 경우가 드물었다.

"자작위의 귀족이면 일반적인 전투인가……."

-그럴 확률이 높습니다. 중요한 전투였다면 백작이 최고 지휘관으로 투입되었을 겁니다.

"그렇겠지."

성준은 짧은 대답과 함께 검을 들어 올렸다. 노블 오더의 귀족 지휘관은 성준을 새로운 위협으로 인식한 것인지 힐링 스프레이가 끝나기 무섭게 기사단을 전진시켰다.

-기사단 접근합니다.

리슈발트가 보고했다.

성준의 시선이 기사단에게 향했다. 기사단의 규모는 수십 명 정도였다. 말을 타고 빠른 속도로 접근해 오는 그들의 뒤로 중무장한 보병대가 따르고 있었다.

"질풍검."

성준이 질풍검을 응용하여 사용했다. 날카로운 칼바람을 머금은 회오리가 기사단을 덮쳤다.

질풍검으로 소환되는 검풍은 두꺼운 철갑옷조차 종이처럼 찢어버린다. 오러 아머가 아니면 막을 수 없을 정도의 예리함이었다.

"크아아악!"

"커헉!"

유감스럽게도 성준을 향해 돌진해 오던 기사들 중에서 오러 아머를 다룰 수 있는 이는 없었다. 피바람이 불었다. 검풍에 당한 기사들이 말과 함께 쓰러져 뒹굴었다.

"멈추지 마라!"

"제국군은 물러서지 않는다!"

기사단이 궤멸적인 타격을 입었음에도 불구하고 제국군의 중보병대는 전진을 멈추지 않았다. 그들의 진형 중심에서 노블오더의 깃발이 펄럭이고 있었다.

-누군지는 모르겠지만 준남작입니다.

리슈발트가 깃발의 표식을 보고 귀족 지휘관의 작위를 알아냈다.

성준은 대답대신 검을 들어 올렸다. 그의 주위로 살기가 넘처 흘렀다. 의도적으로 흘린 게 아니라서 농도가 짙은 것은 아니었지만 자신만만하게 전진해 오는 중보병들의 걸음을 멈추게 하기에는 충분했다.

"크, 크윽!"

"허억!"

수백의 중보병들 중 수십은 기절이라는 극단적인 반응을 보였다. 잘 훈련된 정예병들이라고는 하지만 그들은 '병사'에 불과한 '인간'이었다. 성준의 살기를 받아내기에는 부족한 존재들이었다.

기절하지 않은 이들도 비틀거리거나 힘없이 주저앉아 버렸다. 중보병대의 전진은 멈춘 것이나 다름없었다.

그리고 성준은 어느새 그들의 진형 중심에 서 있었다.

"폭풍검."

시동어와 함께 검풍이 폭풍처럼 주변을 휩쓸었다.

"크아악!"

"사, 살려……!"

검풍에 베인 중보병들이 피를 흘리며 쓰러졌다. 무력화된 중보병대는 맹수 앞에 놓인 허수아비나 다름없었다. 그들은 제대로 된 저항조차 못 하고 전멸했다. 준남작의 문장이 새겨진 노블 오더의 지휘관 깃발도 허무하게 꺾였다.

"중보병대가 단숨에 전멸했다고?"

허탈한 감정이 섞여 있는 누군가의 외침은 제국군을 뒤흔들기에 충분했다. 그들은 철저한 정신 교육과 훈련으로 정예화되어 있기는 하지만 그래도 '인간'이었다.

조금 전 성준의 활약은 그들에게서 동요라는 감정을 이끌어내기에 충분했다. 독전관들 탓에 물러나지는 않겠지만 동요는 전투력과 사기를 떨어뜨리는 요인 중 하나다.

성준과 왕국 연합군에게는 긍정적인 전개였다.

"전군! 전진하라!"

다행히 왕국 연합군의 통솔을 맡은 이는 무능한 지휘관이 아니었다. 그는 제국군이 흔들리는 모습을 보이자 전력을 다해 부하들을 통솔했다.

"제2기마대 전진! 전력을 다해서 제국군의 본진을 양단한다!"

기마대가 움직였다. 지독한 전투로 인해 성치 않은 모습이었지만 그들의 눈동자에서 제국군에 대한 전의를 엿볼 수 있었다.

성준이 선두의 진형을 무너뜨리자 왕국 연합군의 제2기마대가 혼란스러운 제국군 본진을 두 갈래로 쪼개 버렸다.

"지휘부를 타격해라! 예비대 전부 투입해!"

반격의 나팔 소리가 울려 퍼지고 왕국 연합군이 움직였다. 얼마 남지 않은 예비대가 모두 투입되어 지휘부를 공격했다.

제국군은 본진이 돌파당하여 양쪽으로 갈라져 있어서 지휘부가 고스란히 노출되어 있는 상황이었다.

"지휘부를 지켜라!"

기수가 노블 오더의 최고 지휘관 깃발을 미친 듯이 흔들며 신호를 보냈다.

지휘부의 호위병력이 왕국 연합군의 예비대를 저지하기 위해 움직였다. 그들은 지휘부를 지키는 최종 방어선이었다.

-혼란을 틈타서 기마대를 움직여 본진을 양단하고 예비대로 지휘부를 타격한다……. 왕국 연합군의 최고 지휘관이 꽤나 유능한 것 같습니다.

리슈발트의 말에 성준은 대답 대신 고개를 끄덕였다.

기본에 충실한 통솔이었지만 밀리고 있는 상황에서 기본을 유지하는 것은 쉬운 일이 아니었다.

"호위대를 격파하라!"

기마대 지휘관이 우렁찬 목소리로 외쳤다. 왕국 연합군의 기마대원들은 기병창을 정면으로 겨눈 채 속도를 높였다.

그들은 곧 지휘부 호위대와 충돌했다. 요란한 소음과 함께 수십의 시체가 만들어졌지만 호위대의 진형은 흔들리지 않았다. 오히려 왕국 연합군의 기마대가 전멸에 가까운 피해를 입고 물러났다.

-역시 귀족 지휘관의 사병들입니다. 무장 상태와 실력이 좋군요.

리슈발트가 말했다.

노블 오더의 귀족이 통솔하는 지휘부의 호위대는 그들의 사병이 맡는 게 관례였다. 그래서 노블 오더의 귀족들은 사병에 투자를 많이 하는 편이었다.

방금 전의 승패를 결정한 것은 지휘관의 역량이 아니라 부대의 무장과 훈련 상태의 차이였다.

"힐링 스프레이!"

성준은 진형이 완전히 무너진 왕국 연합군 기마대를 향해 힐링 스프레이를 뿌렸다. SS급 회복계 헌터의 '치유'는 치명상을 입고 죽어가던 이들도 순식간에 회복시켰다.

"시, 신성 기도문?"

"여명의 기사다!"

"여명의 기사가 우리를 지원하고 있다! 재정비!"

지휘관은 기마대의 대열 재정비에 힘썼지만 성준은 그들의 도움이 필요 없다고 생각했다.

"블링크."

단숨에 지휘부 호위대 중심으로 파고들었다. 중간에 마법사가 블링크를 차단하려는 시도를 했지만 성준은 교묘한 속임수를 섞어서 피했다.

"어, 어떻게 이럴 수가!"

블링크 차단을 시도했던 마법사는 성준이 호위대 진형 중앙에 모습을 드러내자 경악했다.

호위대의 기사들이 즉시 반응했다. 그들은 성준을 향해 달려들며 오러가 깃든 검을 휘둘렀다.

그들은 정예였지만 성준의 눈에는 너무나 느리게 움직이고 있었다.

"크아아악!"

"커헉!"

1초 만에 이루어진 수십 번의 검격에 호위대의 기사들이 피분수를 흩뿌리며 쓰러졌다. 기사들이 전멸하기 무섭게 기마대 지휘관이 대열의 정비가 끝낸 부대를 이끌고 합세했다.

"우리가 지원하겠소! 지휘부를 부탁하오!"

기마대 지휘관이 외쳤다.

크게 인정받을 기회를 양보하는 모습이 좋았다. 성준은 대답 대신 지휘부를 향해 몸을 던졌다. 지휘관들은 제국군 소속답게 소수의 호위와 함께 검을 뽑아 들고 저항했지만 3초를 버티지 못하고 모조리 도륙당했다.

-기껏해야 A급 정도입니다.

남은 것은 자작위의 귀족 지휘관뿐이었는데 리슈발트는 그를 지구의 척도를 바탕으로 A급이라는 결론을 내렸다. A급의 실력자는 흔치 않고 전투력도 뛰어나지만 SS급인 성준의 앞에서는 하찮은 존재였다.

"커헉!"

기합도 필요 없었다. 성준이 성의 없이 던진 '하크의 단검'이 귀족 지휘관의 목에 꽂혔다. '가속' 옵션을 사용할 필요도 없었다.

지휘부가 전멸하자 제국군의 혼란이 가중되었다. 왕국 연합군의 지휘관은 기회를 놓치지 않았다. 전 병력을 끌어모아 결정타를 가했고 성준의 도움으로 제국군을 몰살시킬 수 있었다.

-동조율 66%입니다. 1%가 상승했습니다.

"좋네."

-바로 돌아가실 생각이십니까?

전투가 끝나고 '흡수'까지 끝낸 성준을 보며 리슈발트가 물었다. 성준은 조용히 고개를 저으며 입을 열었다.

"아니. 이번에는 왠지 '선물'이 기다리고 있을 것 같아서."

근거 있는 자신감이었다.

'여명의 기사'라는 이명이 붙을 정도의 소문이 돌 정도로 활약을 했으니 왕국 연합 측에서 뭔가 보상이 있을지도 모른다고 생각했다. 아니나 다를까 전투의 수습이 어느 정도 진행되자 전령이 말을 타고 달려왔다.

"여명의 기사님이십니까?"

"다들 그렇게 부르더군요."

"지휘부로 모시겠습니다."

그렇게 하여 전령의 뒤를 따라간 지휘부에는 익숙한 깃발이 하나 꽂혀 있었다.

'제1왕국 왕세자 깃발……'

그것은 연합을 구성하는 6개의 왕국 중 가장 강력한 국력을 자랑하는 제1왕국의 권력의 핵심인 왕세자의 깃발이었다.

'이거 킹스골드를 받을 수 있을지도 모르겠군.'

성준의 입가에 미소가 번졌다.

'침착하게 군을 지휘한 사람은 역시 왕세자였나?'

임시로 세워진 지휘부 막사 안으로 들어가며 생각했다. 제1왕국의 왕세자인 에반스는 타고난 통솔력으로 유명했다. 임기응변에도 뛰어나고 사교성도 좋아서 현재는 가장 유력한 연합의 왕세자였다.

"당신이 여명의 기사입니까?

안에 들어서기 무섭게 누군가 성준에게 말을 걸었다. 목소리가 들리는 방향에는 키가 크고 잘생긴 금발의 청년이 서 있었다. 체격도 좋았고 전체적으로 자신감이 넘치는 분위기를 풍기고 있었다.

"저를 그렇게 부르는 것 같더군요."

"실례했습니다. 저는 제1왕국의 왕제자인 에반스입니다."

에반스는 정중한 사과와 함께 자신을 소개했다. 대뜸 누구냐고 물은 것이나 다름없었기 때문에 실례라고 생각한 것이었다.

"산도르 장군의 부대를 지원한 것도 '경'이십니까?"

에반스가 물었다.

'경'이라는 호칭을 사용하는 것은 성준에 대한 정보를 가지고 있지 않은 지금 상황에서 취할 수 있는 최대의 예우였다.

"중앙 전선에서의 전투를 말하는 거라면 제가 맞습니다."

"왕국 연합의 은인을 뵙습니다."

에반스는 왕세자의 신분임에도 불구하고 고개를 숙이며 감사를 표했다. 도와줘도 고개를 뻣뻣하게 들고 다니는 제국의 황자들에 비하면 훨씬 보기 좋았다.

"저도 제국에는 용무가 있어서요."

성준의 대답에 에반스는 고개를 끄덕이며 입을 열었다.

"은인의 이름을 알고 싶습니다."

"강성준입니다."

"강성준 경과 같은 적을 두고 있어서 다행이라는 생각이 듭니다."

"그렇습니까?"

"강성준 경께서 제국군을 몰아붙이는 것을 지휘부에서 보았습니다."

에반스가 말했다.

지휘부는 전장이 잘 보이는 곳에 있는 경우가 많았다. 그렇지 않더라도 전령을 통해 전황을 계속해서 보고 받게 된다. 특히 성준은 왕국 연합군의 기마대조차 방어해낸 제국군 지휘부 호위대를 단독으로 '압도'할 정도였기 때문에 넓은 전장에서도 눈에 띌 수밖에 없었다.

"검술에 대해서 잘 모르는 제가 보기에도 강성준 경이 검을 휘두르는 모습은 예사롭지 않았습니다. 혹시 '검성'이십니까?"

에반스가 물었다. 검의 극의에 다다른 자를 뜻하는 검성의 칭호를 얻은 이는 대륙 전체를 뒤져봐도 많지 않은 수였으며 그들은 대마법사와 함께 강력한 전쟁 병기로 평가받는다.

성준은 대답 대신 미소를 지어 보였고 에반스는 그것을 긍정의 의미로 받아들였다.

"시간이 괜찮으시다면 경을 왕궁으로 초대하고 싶습니다."

에반스는 조심스럽게 초대 의사를 표했다.

왕국 연합은 강력한 제국과 거대한 종족 연합의 동맹을 상대하고 있었다. 총동원령과 함께 대대적인 반격 작전을 시작했다고는 하지만 싸울 사람이 부족했다. 한 명의 검성과 대마법사가 아쉬운 상황이었다. 그들은 단신으로 전황을 바꿀 수 있는 존재였고 왕국 연합이 꼭 필요로 하는 인재였다.

왕궁에 초대해서 친분을 쌓고 우호적인 관계를 이어가려는 생각인 것 같았다. 악의나 대놓고 이용하려는 듯한 기색은 보이지 않았다.

"미안하지만 그럴 여유가 없습니다."

성준은 솔직하게 말했다.

마음 같아서는 왕궁에 가서 왕국 연합과의 우호 관계를 확인하고 조력을 구하고 싶었지만 먼 길을 여행하기에는 리슈발트가 각성 던전의 유지를 버티지 못할 것이었다. 자세한 설명은 없었지만 몇 시간 정도가 한계일 것이다.

"너무 갑작스러웠던 것 같군요. 죄송합니다."

"괜찮습니다."

"그래도 은인을 그냥 돌려보낼 수는 없습니다."

에반스는 외투의 차원 주머니를 꺼냈다. 희귀한 아이템이었지만 헌터들도 가지고 다니는데 왕족이 휴대하고 있다고 해서 이상할 건 없었다.

"이걸 드리겠습니다."

에반스가 차원 주머니에서 꺼낸 것은 반지 하나가 들어갈 정도의 케이스였다.

그는 그것을 성준의 앞으로 내밀며 천천히 열었다. 케이스 안에는 '금화'가 들어 있었다.

"국왕 폐하 만세!"

금화의 정체를 알아본 왕국 연합의 지휘관들은 국왕을 칭송하며 한쪽 무릎을 꿇었다.

그제야 성준은 '금화'의 정체를 알게 되었다.

에반스를 제외한 지휘관들이 이런 반응을 보일 만한 금화는 왕국 연합에서 단 하나밖에 없었다.

'킹스골드…… 실제로 보는 건 처음이네…….'

킹스골드는 왕국 연합에서 '은인'에게 줄 수 있는 최고의 하사품이었다. 전생에 왕국 연합에 충성했던 것이 아니었고, 자세한 용도는 알 수 없었다.

성준은 남들에게는 보이지 않는, 하지만 자신의 곁을 언제나 지키는 충직한 영혼 부관 리슈발트를 향해 시선을 보냈다. 킹스골드에 대해 혹시 알고 있나 싶어서 그런 것이었다.

-킹스골드를 많이 가지고 있는 '은인'에게는 왕가에서 보관하고 있는 강력한 유물을 하사한다고 합니다. 다음 각성 던전이 언제, 어디서 열릴지는 알 수 없지만 모아둬서 나쁠 건 없을 것 같습니다.

리슈발트가 설명했다. 다행히 그는 꽤 자세히 알고 있었다. 도움이 되었다.

성준은 대답 대신 고개를 끄덕이며 자연스럽게 에반스를 향해 시선을 옮겼다.

"킹스골드입니까?"

"킹스골드에 대해서 알고 계시는군요."

에반스는 의외라는 듯 말했다.

"이상합니까?"

"그건 아닙니다. 그냥 신기해서 말입니다. 워낙 오랫동안 하사된 적이 없는 물품이라서요."

킹스골드는 도시 전설과 같이 회자 되는 하사품이었다. 근 500년 동안 하사받은 사람이 없었다. 이제는 왕국 연합에서도 고등 교육을 받았거나 군부에 몸을 담은 이들만 알고 있었다.

"어쩌다 보니 알게 되었습니다."

"그러면 이야기가 빠르겠군요. 이걸 경에게 드리겠습니다."

에반스가 말했다. 킹스골드가 주인을 기다리고 있었다.

"이게 있으면 전장에서 위대한 국왕 폐하 군대가 당신을 아군으로 받아들일 겁니다."

성준은 한쪽 무릎을 꿇지는 않았지만, 대륙 전역에서 공통적으로 사용하는 예법에 맞춰 정중하게 하사품을 받아 들었다.

"다음에도 만날 기회가 있겠습니까?"

성준이 떠나려는 분위기를 풍기자 에반스가 물었다. 노골적인 의도는 없는 것 같았지만 바꿔말하면 다음에도 왕국 연합을 도와줄 것인지 묻고 있는 것이기도 했다.

"왕국 연합이 제국과 싸우는 한 제가 저와 함께할 수 있을 겁니다."

"다시 뵙고 싶습니다."

"저 또한."

그들은 아쉬운 작별을 고했다. 성준은 전장에서 벗어나 리슈발트와 함께 지구로 귀환했다.

-새로운 아이템의 존재를 확인.

계측기가 킹스골드에 반응했다. 리슈발트가 이계의 기운을 제거하자 성준은 킹스골드에 계측기의 감정 기능을 사용했다.

[킹스골드.]
S급.
호령 사용 가능.

S급 아이템이었다. '호령'이라는 기술을 사용할 수 있게 되었다. 하지만 성준이 알기로 '호령'은 자신에게 이목을 집중시키는 효과만 있을 뿐, 공격이나 방어 등의 전투와 관련된 용도와는 거리가 멀었다.

-각성 던전을 클리어하면서 동조율이 67%가 되었습니다. 저택으로 돌아갈 예정입니까?

리슈발트가 동조율 상승을 보고하면서 물었다. 성준은 잠깐 고민한 끝에 입을 열었다.

-주군?

"좀 걸어볼까 생각 중이야."

성준이 말했다.

그는 늘 산책만큼 생각 정리에 도움이 되는 건 없다고 생각했다. 전생에도 가볍게 산책하는 것을 좋아했었다.

-산책…… 좋지요. 산책하는 주군의 곁을 지킨 것도 꽤 오래전인 것 같습니다.

리슈발트가 추억에 잠긴 목소리로 말했다.

성준이 전생에 산책할 때면 거의 언제나 리슈발트가 곁을 수행했었다. 리슈발트는 그때의 기억을 아직도 간직하고 있었다.

"그립네."

$$ \text{⚡} $$

던전을 나오자 대기하고 있던 관리국 직원이 다가왔다.

성준은 그에게 던전 클리어를 알린 뒤, 차를 타고 저택으로 돌아갔다. 그리고 산책을 다녀온 뒤, 제로스를 찾아갔다. 차원 열쇠를 통한 공격 던전에 대해 이야기하기 위해서였다. 얼마 전에 공격 던전을 클리어한 직후에는 제로스가 던전 공략중이었기 때문에 대화를 나누지 못했었다.

"길드장님! 보고할 게 있었습니다."

제로스의 공방으로 향하는 길, 복도에서 정철을 만났다. 그는 성준을 보자 반가운 얼굴로 말을 걸어왔다.

"보고할 게 있다고?"

"네. 마정석 매각 관련입니다."

정철은 자세히 설명하지 않았지만, 성준은 알아들을 수 있었다.

"여기 정산서입니다."

성준은 정철이 건네준 정산서를 받아서 펼쳤다. 공격 던전에서 얻은 마정석 매각으로 꽤 많은 금액이 정산되었다. 성준의 입가에 미소가 번졌다.

"내일 오후에 입금될 겁니다. 안전한 경로니까 안심하셔도됩니다."

"어떤 경로를 통했는데?"

성준이 물었다. 갑자기 궁금해졌던 것이다.

"청룡 그룹을 통해서 입금될 예정입니다. 총무님이 신경 써주기로 했습니다. 저도 몇 차례 확인을 해봤는데 문제없는 루트였습니다."

"좋아. 수고했어."

정철의 대답에 성준은 만족스러운 표정으로 고개를 끄덕였다. 문제가 없게 하려고 몇 번씩이나 확인하는 정철의 철저함이 마음에 들었다. 평소의 행동으로 보아 몇 차례 확인했다는게 거짓말은 아닐 것이다.

성준은 정철에게 정산서를 돌려준 뒤, 제로스의 공방이 있는 저택 지하로 내려갔다.

"오셨습니까?"

공방의 문을 열고 들어서기 무섭게 제로스의 목소리가 들려왔다.

성준은 목소리가 들린 방향으로 고개를 돌렸다. 곧 제로스를 찾을 수 있었다. 그는 구석진 곳에서 아이템에 강화 마법을 각인하고 있었다.

"잠시만 기다려 주시겠습니까?"

"시간 많으니까 천천히 해."

제로스는 양해를 구했다.

성준은 마법 각인이 고도의 집중을 필요로 한다는 것을 알고 있기에 차분하게 기다리고 했다.

30분 정도 기다렸을까? 제로스가 강화 마법 각인을 끝내고 성준의 앞에 앉았다.

"공격 던전은 어땠습니까?"

"괜찮은 것 같았어. 차원 단절 결계 상태도 좋더라."

"다행입니다."

"각성 던전과 비교해도 문제없었어. 다음 차례에는 길드원들을 데리고 갈 생각이야."

마정석 루팅 문제 때문이라도 길드원들을 데려가야만 했다. 이계는 지구의 던전이나 레이드와는 달라서 마정석을 마물의 시체에서 직접 루팅해야 하는데 상당히 귀찮은 작업이었다.

"그것도 좋은 방법입니다."

제로스가 고개를 끄덕이며 대답했다.

"각성 던전과 비교를 하셨다는 것은…… 다녀오신 겁니까?"

"오늘 다녀왔어."

성준이 말했다.

미리 말했던 것 같지만 제로스는 연구에 몰두하느라 종종 중요하지 않은 사실을 잊거나 신경 쓰지 않을 때가 많았다.

"종족 연합이었습니까? 아니면 제국입니까?"

제로스가 물었다.

그는 고향에 대한 그리움 때문인지 각성 던전에 대한 관심이 많았다.

"후자였어. 왕국 연합과의 전장이었지."

"저번에는 중앙 전선에 가셨다더니…… 이번에도 왕국 연합과의 전장이군요."

"이유는 모르겠지만 덕분에 제국군을 많이 잡고 왔어."

"역시 강성준 경이십니다. 제국군은 처형해야 마땅합니다."

제로스가 말했다. 그의 목소리에서 분노가 느껴졌다.

"우리는 제국 때문에 너무 많은 것을 잃었습니다."

3장
하얀 악마

"하얀 악마가 나타났습니다."

누군가의 목소리가 무거운 침묵을 강타했다. 회담장에 모인
귀족들이 심각한 표정으로 고개를 저었다.

"이번에는 어디입니까?"

"서부 전선의 리디크 평원에서 출현했습니다."

백작위를 상징하는 흉장을 달고 있는 귀족의 질문에 답한
이는 제국 특무군 사령관을 맡고 있는 아레스 백작이었다.

"하얀 악마가 누구입니까?"

누군가 물었다.

아레스의 시선이 그에게 향했다. 그는 사정이 있어서 지난
회담에 참여하지 못했던 귀족이었다.

"지난 회담에서 다뤘던 문제이니 모르는 것도 이상하지 않습니다. 하얀 악마는 최근 출현한 정체불명의 검성을 지칭하는 단어입니다. 그는 중앙 전선에서 왕국 연합군 산도르 장군을 몰아붙였던 제국군을 전멸시켰고 서부 전선에서 노블 오더가 지휘하는 부대를 파멸로 이끌었습니다."

아레스가 긴 설명을 끝내자 회담장의 모두가 경악했다.

"노블 오더가 패배했다는 말입니까?"

제국군 소속의 장군으로 보이는 자작위의 귀족이 믿을 수 없다는 표정으로 물었다.

'노블 오더'의 제국 내에서도 패전 확률이 가장 낮은 집단이었다. 결판이 나지 않는 경우는 많아도 패배하는 전투는 드물었다.

"부끄러운 일이지만 사실입니다."

노블 오더의 참모장 제스퍼 후작은 귀족 지휘관의 패전을 인정했다. 어차피 모두가 알게 될 사실을 부정하는 것은 추한 일이었다.

"하얀 악마는 중앙 전선에서 처음 출현했습니다. 그때 저희 노블 오더에서는 그를 위협적인 존재로 규정지었고 제국 특무군에 추격 및 암살 요청을 보냈었습니다."

제스퍼의 시선이 아레스에게 향했다. 패전 사실을 부정하지는 않았지만 그렇다고 해서 모든 책임을 짊어질 생각은 없었다.

"그런데 다시 모습을 드러낸 것을 보니 특무군에서 일 처리가 늦은 모양입니다."

"조사 부대와 유령 부대를 보냈지만 이동 흔적을 더 이상 찾을 수 없었습니다."

아레스가 말했다.

제스퍼의 말대로 노블 오더에서 요청이 들어온 것은 사실이었다. 그래서 병력을 보냈지만, 전장에서 이동한 흔적을 찾을 수 없었다.

성준은 전투가 종료되고 얼마 지나지 않아서 지구로 돌아갔기 때문에 당연한 결과였다.

"특무군 조사 부대가 추적에 실패했다는 말입니까?"

"맙소사! 도대체……."

귀족들은 다시 한번 경악했다. 제국 특무군 조사 부대는 귀신의 흔적조차 찾을 수 있다는 말이 있을 정도로 유능한 집단이었다.

하지만 모두가 그런 반응을 보인 것은 아니었다.

"도대체 특무군은 무얼 하고 있는 건가? 쓸데없는 일에 병력을 낭비하지 말고 전선에 집중하게나!"

제국 동부 방면군 사령관 페이드 후작이었다. 제국의 검성들 중 한 명인 그는 특무군을 좋아하지 않았다.

동부 방면군이 배치된 국경은 과거에 종족 연합과의 전쟁이 가장 치열했던 곳이었다. 그 때문에 동맹이 체결되고 난 뒤에 페이드의 부하 여럿이 억울하게 숙청당했던 적이 있었다.

"쓸데없는 일이 무엇인지 모르겠군요. 후작님, 제국 특무군은 병력을 낭비하지 않습니다. 언제나 효율적으로 운용하고 있지요."

아레스가 대답했다.

그는 짧은 한숨과 함께 고개를 저었지만 페이드가 말하는 '쓸데없는 일'이 무엇인지 알고 있었다. 그것은 '숙청'을 말하는 것이었다.

"그래서…… 하얀 악마에 대한 정보를 조금이라도 알아낸 것이 있는가?"

"일부 정보를 확인하는 것에 성공했습니다."

"말해보게나."

페이드의 말에 귀족들의 시선이 아레스에게 집중되었다.

"왕국 연합에 침투한 첩자들이 수집한 정보에 의하면 하얀 악마는 지구에서 루델 자작을 살해하고 노블 오더의 계획을 저지한 SS급 헌터 '강성준'일 확률이 높습니다."

"로우켈의 검술을 구사한다는 그 '헌터'말인가?"

페이드가 물었다.

아레스는 대답 대신 고개를 끄덕였다.

"흐음. 알겠네."

페이드는 고개를 끄덕였다.

"그렇다면 강성준이 차원을 넘었다는 말입니까?"

누군가 물었다.

"그렇습니다. 차원을 넘었다면 조사 부대가 흔적을 찾지 못한 것도 설명할 수 있습니다."

아레스가 대답했다.

분위기가 한층 더 심각해졌다. 차원 이동 기술은 제국과 종족 연합의 동맹이 지금까지 독점해 왔었다.

그런데 아레스의 말이 사실이라면 왕국 연합뿐만 아니라 차원 너머에서의 공격까지 감당해야 하는 위기라고도 볼 수 있었다.

"강성준은 특등 살수의 암살을 막아낸 괴물 아닙니까?"

"제기랄!"

제국의 귀족들조차 동요할 정도로 적대적인 검성의 새로운 출현은 치명적이었다.

"대책은 있습니까?"

안펠리코 후작이었다. 깊게 눌러 쓴 후드의 그림자 아래로 보이는 입가가 딱딱하게 굳어 있었다.

"좋지 않은 소식이지만 특무군은 지금 지구의 공작에 집중할 여력이 없습니다. 얼마 전부터 왕국 연합의 암흑 살수대가 활개를 치기 시작했다는 것을 다들 아시지 않습니까?"

암흑 살수대는 왕국 연합의 최정예 집단으로 특무군 유령 부대보다 암살에 특화되어 있었다.

"이럴 때 종족 연합은 뭘 하고 있는 것인지……."

페이드가 불평을 흘렸다. 과거에 치열한 전투를 벌였던 기억 때문에 종족 연합도 좋아하지 않았다.

"말조심하시는 게 좋을 겁니다. 그들도 최선을 다하고 있습니다."

제스퍼가 날카로운 시선을 보내며 종족 연합을 두둔했다.

페이드는 이를 악물었다. 그의 뒤로 종족 연합을 증오하는 귀족들이 모였다. 그에 맞서 제스퍼의 뒤에도 귀족들이 모여들었다.

"이대로는 끝이 나지 않을 것 같군. 나는 이만 가보겠네. 수고들 하게나."

페이드가 먼저 발걸음을 옮기자 종족 연합과의 동맹을 탐탁치 않게 여기는 다른 귀족들도 함께 회담장을 벗어났다.

"표정이 좋지 않으십니다. 문제가 있었습니까?"

회담장을 벗어나 복도로 나온 페이드의 뒤로 부관이 따라붙으며 조심스럽게 물었다.

"늘 있는 일이지."

"방면군 사령부로 향할 마차를 준비해 뒀습니다."

"아니. '그곳'에 간다."

페이드가 작은 목소리로 말했다.

부관은 심각한 표정으로 황급히 주변을 살폈다.

"대역과 수행원들을 방면군 사령부로 먼저 보내겠습니다."

수상한 행동이었지만 부관은 여러 번 겪은 듯 능숙하게 일을 처리했다.

두 사람은 옷을 갈아입은 뒤, 대역과 수행원들이 방면군 사령부로 출발한 것을 확인했다. 그리고 '그곳'으로 향했다.

그들은 제국 수도의 외곽에 위치한 작은 도시에서도 빈민가에 있는 지하 묘지로 내려갔다. 어둠 속에서 낡은 갑옷을 입은 기사 여럿이 모습을 드러냈다.

"오셨습니까?"

"다들 잘 지냈나?"

페이드는 그들과 아는 사이인 것 같았다.

"안으로 모시겠습니다."

"그럴 필요 없다네. 오늘은 시간이 많지 않으니까…… 급히 전해야 할 소식이 있어서 온 것이야."

직위가 가장 높아 보이는 기사의 말에 페이드는 고개를 저었다.

"급히 전해야 할 소식…… 입니까?"

"그래. 해방군 사령관에게 전하게. 로우켈의 의지가 깃든 검이 제국에 재림했다고."

공격 던전을 경험한 성준은 길드원들과 함께 공략을 진행하는 게 더욱 효율적이라는 판단을 내렸고 정보를 공개하기 위해 저택에서 가장 넓은 방에 그들을 모이게 했다.

"다 모였지?"

성준은 방에 모인 길드원들을 한 차례 훑었다. 모두 모여 있었다. 이윽고 그는 차분한 표정으로 입을 열었다.

"제로스."

그는 차분한 목소리로 제로스를 호명했다. 처음에는 직접할까 싶었지만, 설명은 제로스에게 맡기는 게 좋을 것 같았다.

"그럼…… 설명을 시작하겠습니다."

성준의 옆에 서 있던 제로스가 앞으로 한 걸음 나섰다.

"저는 얼마 전 전혀 새로운 타입의 던전을 발견했습니다."

"새로운 타입의 던전이라면 어떤 것을 말하는 겁니까?"

질문을 한 사람은 신철이었다.

"기존의 던전이나 레이드와 달리 우리가 직접 '이계'로 건너가는 것입니다."

"이계……? 그런 게 있는 건가?"

장훈이 말했다.

던전과 레이드의 등장으로 이계존재론이 고개를 들었지만 그것을 부정하는 이들도 적지 않았다. 사실 장훈은 부정하는 것보다는 무관심한 쪽이었다.

"존재합니다. 우리는 그쪽으로 넘어가서 마물들을 사냥할 수 있습니다."

제로스가 간단하게 설명했다.

조용히 듣고 있던 정철이 입을 열었다.

"이계가 어떤 곳인지 궁금하기는 하군요. 정보는 있습니까?"

"보스를 잡으면 다시 돌아올 수 있다는 것과 던전으로 규정된 곳을 벗어날 수 없다는 정도만 강성준 경이 직접 공략을 진행하면서 알아내셨습니다."

제로스가 대답했다.

이계에 대한 자세한 정보는 아직 길드원들에게 공개할 때가 아니라고 성준과 함께 결론을 내렸기 때문에 굳이 말하지 않았다.

제로스는 곧 보충 설명을 끝냈지만 던전 관리국에 보고를 해야 하지 않냐는 어리석은 질문을 하는 길드원은 없었다.

"추가 질문 있습니까?"

손을 들거나 질문을 하는 사람은 없었다.

성준은 만족스러운 표정으로 입을 열었다.

"좋아. 내일 출발할 거야."

며칠 동안 던전 2곳을 솔플 공략하면서 차원 열쇠에 마력을 충분히 채워두었다. 길드원들만 준비된다면 차원 관문을 열 수 있었다.

⚔

반대 의견은 없었고 다음 날 성준은 길드원들과 함께 던전으로 향했다.

공략 일정이 잡혀 있는 S급 던전이 있었다. 식충 식물 형태의 마물이 주로 등장하는 정글 형태의 던전이었다. 보스를 잡고 던전을 클리어했다.

마정석과 아이템의 루팅을 끝낸 성준은 차원 열쇠를 꺼냈다.

"그겁니까?"

신철이 호기심 가득한 시선을 보내며 물었다. 성준은 고개를 끄덕인 뒤, 차원 열쇠를 작동시켰다.

차원 관문이 열렸다.

"오! 뭔가 느낌 있는데요?"

장훈이 말했다. 다른 이들도 표현을 하지 않았을 뿐이지 신기하다는 표정으로 차원 관문을 관찰했다.

"내가 먼저 들어갈게."

성준은 모범을 보이기 위해 먼저 발걸음을 옮겼다. 그가 차원 관문 속으로 사라지자 다른 로드 길드원들도 앞다투어 차원 관문으로 몸을 던졌다.

그리고 처음 보는 '이계'에서 모습을 드러냈다.

"어서 와. 이계는 처음이지?"

먼저 도착해서 기다리고 있던 성준이 뒤늦게 도착한 길드원들을 환영했다.

길드원들은 던전이나 레이드를 통해 이계에서 건너온 마물들을 사냥한 경험은 풍부했지만 이계로 넘어온 것은 처음이라 그런지 주변으로 보이는 낯선 풍경에 입을 다물지 못했다.

차원 관문이 열린 곳은 수풀이 우거진 숲속이었다. 하늘을 찌를 듯이 뻗은 높은 나무들이 시야를 가렸고 나무의 중간 지점부터 신비한 모습의 건물들이 매미처럼 붙어 있었다.

-종족 연합, 엘프령입니다.

리슈발트가 설명했다.

신비한 분위기를 풍기는 숲의 중심은 엘프령의 군사 기지가 분명했다.

"온다. 준비해."

성준은 말을 마치며 '변형'이라는 시동어를 내뱉었다. 반지가 검으로 변했다. 그리고 그들의 머리 위로 화살이 비처럼 쏟아졌다.

"실드!"

한석과 신철이 방어 마법을 펼쳤다. 비처럼 쏟아지는 화살들이 방어막을 강타했다. 마법 화살이 다수 섞여 있었다. 관통 화살과 폭발 화살 같은 마법 화살들이 방어막을 크게 손상시켰다.

신철이 전개한 방어 마법이 먼저 무너졌지만, 한석이 펼친 게 남아 있었다.

"지금 당장은 무너지지 않겠지만 얼마나 버틸 수 있을지는 저도 잘 모르겠습니다."

한석이 말했다.

엘프들의 속사 실력이 뛰어나서 화살이 쉬지 않고 쏟아지고 있었다. 반격하려면 방어 마법을 거둬야만 하는데 그렇게 하면 부상자가 생길 게 분명했다.

성준이 아직 제국의 검성이었다면 방어막을 거두고 반격을 펼친 뒤, 부상을 입은 이들을 치유했겠지만 길드원들에게 그런 가혹한 지시를 강요할 수 없기도 했고 성준 자신도 내키지 않았다.

"적들의 수가 많습니다."

신철은 방어막 안에서 마법으로 주변 탐색을 끝냈다. 마력이 감지되는 적의 수가 절망적일 정도로 많았다.

"박정철."

성준은 정철을 불렀다.

그는 창을 들어 올린 채 긴장된 표정으로 주변을 살피고 있었다.

"말씀하십시오."

"내가 가서 궁수들을 쓸어버리고 올 테니까, 암살자 클래스들 오면 장훈이랑 같이 차단 부탁해."

성준은 종족 연합을 정면에서 상대한 전생을 기억하고 있었기 때문에 엘프들의 전술을 잘 알고 있었다.

그들은 마법 화살이 포함된 일제 사격을 펼쳐서 피해를 누적시킨 뒤, 정령사의 엄호를 받는 돌격대를 보내는 게 일반적인 전략이었다. 궁수, 레인저 부대를 전멸시키면 돌격대를 내보낼 것이 분명했다.

그렇게 되면 근접 전투 능력이 부족한 신철을 지키기 위해 정철과 장훈이 움직여야만 했다. 한석도 마법계 헌터지만 S급 랭킹 1위니까 스스로를 지킬 수는 있을 것이다.

"알겠습니다."

"저희만 믿으세요!"

정철과 장훈의 대답을 들은 성준은 고개를 끄덕인 뒤, 마력을 운용했다.

"블링크."

시동어를 내뱉기 무섭게 무엇인가에 빨려 들어가는 듯한 느낌이 들었다. 정신을 차렸을 때는 방어막 밖에 나와 있었다.

곧 그의 출현을 감지하고 화살이 쏟아졌다.

 -멀지 않은 곳에 엘프 레인저 부대가 발견되었습니다. 수는 50명입니다.

 "몸풀기로는 나쁘지 않네."

 리슈발트의 보고에 성준은 입꼬리를 살짝 끌어 올리며 말했다. 그러고는 리슈발트가 알려준 방향으로 고속 이동술을 펼쳤다.

 수풀을 넘어 도착한 나무 위에 50여 명의 엘프가 방어막을 향해 화살 공격을 퍼붓고 있었다. 평범한 엘프가 아니라 B급 최상위 티어로 평가받는 '레인저'들이었다. 그들은 평범한 엘프들보다 명중률도 높았고 속사 실력도 좋았다.

 "저, 적……."

 "가속!"

 "커헉!"

 A급 최하위 티어로 평가받는 엘프 레인저 분대장이 경고의 말을 끝내기도 전에 던져진 단검이 그의 목에 꽂혔다.

 성준의 뛰어난 투척 능력에 '하크의 단검'의 가속 옵션까지 더해지자 민첩함을 자랑하는 엘프 레인저 분대장조차 회피할 수 없는 치명적인 공격이 완성된 것이었다.

 숨통이 끊어진 몸이 바닥에 닿기도 전에 성준이 레인저들의 중앙에 파고들었다.

 "폭풍검."

성준을 중심으로 한 4방향으로 검풍이 쏟아지자 엘프 레인저들이 비명과 함께 피를 뿌리며 쓰러졌다. 몇 명은 난간 너머로 떨어져 추락했다.

성준은 같은 방법으로 레인저 무리를 모두 처치하여 화살 공격이 중단시켰다.

"돌격대를 보내라!"

미지의 공격에 의해 화살 공격이 강제로 중단되자 엘프 쪽 지휘관은 돌격대를 내보냈다.

성준은 나무 사이를 연결하는 다리 위에 있었기 때문에 돌격대가 전진하는 모습이 볼 수 있었다.

-A급 마물 중에서도 중간 티어로 분류되는 엘프 돌격대입니다. 수가 많아서 최한석이 마법으로 지원하겠지만 박장훈과 박정철, 두 명이 모두 차단하는 건 힘들 것 같습니다.

리슈발트가 자신의 의견을 말했다.

마법계 헌터인 신철과 한석이 제대로 된 실력을 발휘하기 위한 거리를 확보하는 게 두 사람의 역할이었는데, 그들이 감당하기엔 엘프 돌격대의 수가 너무 많았다.

"으악!"

정철이 당황한 듯한 비명을 터뜨렸다. 코앞에 화염 덩어리가 떨어져 폭발한 것이었다.

-마법이 아닙니다.

"정령사가 있어. 먼저 처리한다."

성준은 고개를 끄덕이며 말했다.

일반 정령사는 A급 마물이지만 엘프 정령사는 하위 티어지만 S급이다. 게다가 상대하기 까다로운 마물이었다.

"왜곡 결계인가……."

정령사의 위치를 찾기 위해 정신을 집중했지만, 마력의 흔적을 찾는 게 쉽지 않기 때문에 성준은 눈살을 찌푸렸다.

왜곡 결계는 마력의 흔적을 찾는 것을 방해하는 고위 결계였다.

성준 정도의 센스를 가지고 있으면 추적을 할 수는 있지만, 시간이 더 소요되기 때문에 귀찮은 존재였다.

-정령사의 위치를 파악하겠습니다.

성준이 시키지도 않았지만 리슈발트는 정찰을 자처했다. 얼마 지나지 않아서 그가 돌아왔다.

아래에서는 정철과 장훈이 엘프 돌격대원들과 충돌하여 전투를 벌이고 있었다. 한석과 신철이 공격 마법으로 지원하고 있지만 결코 유리한 상황은 아니었다.

-멀지 않은 곳에 있습니다. 안내하겠습니다.

리슈발트가 말했다.

그는 엘프 정령사가 있는 곳으로 성준을 안내했다. 그의 말대로 멀지 않은 곳에 있었다.

근처까지 접근한 성준은 '블링크'를 사용하여 순식간에 거리를 좁혔다.

"석화."

엘프 정령사의 코앞에 모습을 드러낸 그는 두 눈에 마력을 끌어 올려 석화 저주가 담긴 붉은 광선을 쏘아냈다.

"서, 석화 저주다!"

광선에 명중당한 엘프 정령사의 몸이 회색으로 빠르게 물들었다. 곁에 붙어 있던 엘프 돌격대원 2명이 황급히 몸을 피했다. 저주에 닿으면 석화가 옮겨갈 수도 있기 때문에 두려웠던 것이었다.

"제, 제국군 전투사제복?"

"이단 심판관이 왜 여기에?"

엘프 정령사를 공격한 성준은 제국군 전투 사제복을 입고 있었기 때문에 다른 엘프들이 그를 이단 심판관이나 전투 사제로 오해하기에 충분했다. 그리고 그들이 오해와 함께 아주 짧은 순간 망설이는 것은 성준에게 좋은 기회가 되었다.

"폭풍검."

검을 휘두르며 시동어를 내뱉자 검풍의 폭풍이 휘몰아쳤다. 엘프 돌격대원들이 붉은 피를 흘리며 힘없이 쓰러졌다.

엘프 정령사와 돌격대원 20명 정도 쓸어버렸지만, 성준은 멈추지 않았다.

"조장님! 적이 후방을 교란하고 있습니다!"

엘프 돌격대원이 황급히 조장에게 다가가 보고했다. 공세를 펼치고 있던 조장은 뒤로 물러나서 보고를 받았다.

"교란에 동원된 적의 수는?"

"단독 공격입니다."

"단독 공격……? 설마 검성급이냐?"

엘프 돌격대 조장이 마른침을 삼키며 물었다.

'검성'이나 '대마법사'는 단독으로 공격을 진행하더라도 적에게 치명적인 피해를 입힐 수 있는 무서운 전쟁 병기들이었다.

엘프 돌격대원은 침묵으로 대답을 대신했고 조장은 속으로 욕설을 내뱉었다.

"반전한다! 검성 출현을 전 부대에 알리고 지원을 요…… 커헉!"

엘프 돌격대 조장은 말을 끝까지 잇지 못했다. 한석이 던진 아이스 스피어가 목을 꿰뚫었기 때문이었다.

"조, 조장님!"

조장의 죽음으로 그들이 당황하는 동안 제로스가 아이템까지 사용하여 폭풍 같은 마법 공격을 퍼부었다.

정철과 장훈이 황급히 뒤로 물러났고 하늘에서 전격이 쏟아졌다. 10명이 넘는 엘프 돌격대원들이 전격에 당해 힘없이 쓰러졌다.

"후방은 처리했어. 이제 공략 진행하면 돼."

성준이 말했다. 하얀 전투 사제복은 피로 물들어 있었다. 그는 주변을 살피더니 다시 입을 열었다.

"나랑 박정철이 주변을 경계하는 동안 나머지는 마정석 루팅이다."

공격 던전에서는 마물들의 시체가 사라지지 않기 때문에 마정석을 직접 루팅해야 한다는 사실을 설명해 두었다. 다들 동의한 문제였기 때문에 성준의 지시에 불평 없이 따랐다.

두 사람이 주변을 경계하는 동안 다른 길드원들이 마물들의 시체에서 마정석을 루팅했다.

루팅이 끝나자 그들은 다시 보스가 있는 곳으로 전진했다. 엘프들이 앞을 막았지만, 로드 길드의 전진을 막을 수는 없었다.

-이제 곧 신목이 있는 곳에 도달할 것 같습니다.

리슈발트가 말했다. 엘프들의 도시나 마을에는 반드시 세계수의 뿌리 일부를 머금은 '신목'이 자리 잡고 있다. 신목이 없는 곳은 엘프들이 모이지 않는다는 말이 있을 정도였다.

"다들 알겠지만 조금만 더 가면 보스가 나올 것 같으니까 조심해."

성준이 말을 마치기 무섭게 길드원들의 힘찬 대답이 들려왔다. 이윽고 신목 근처에 도달했다.

S급 중간 티어로 평가받는 엘프 검성 셋이 엘프 정령사와 함께 로드 길드를 맞이했다.

"큭……."

엘프 레인저들도 수십 명이 있었지만, 성준과 한석이 나서자 5분을 버티지 못하고 전멸했다. 그들이 쓰러져서 흘린 피가 차가운 바닥을 붉게 물들였지만 계측기가 반응하지 않았다.

성준은 이상하다고 생각했다. 이전에 혼자 공략했을 때는 클리어 했을 때 계측기가 반응했었기 때문이었다.

"형님! 원래 계측기가 반응 안 하나요?"

"아무래도 보스가 따로 있는 것 같아."

장훈의 물음에 성준은 날카로운 시선을 흩뿌리며 대답했다.

보스를 상징하는 강대한 마력 반응도 그대로였다. 정확한 위치를 알기는 힘들었지만 신목 근처에 있다는 것만큼은 확실했다.

"최한석. 탐색 마법으로 찾아낼 수 있겠어?"

한석이 불가능하다고 말하면 리슈발트를 보낼 생각이었다.

"정밀 탐색 마법을 사용할 수는 있겠지만 저는 무방비 상태가 될 겁니다."

"내가 지켜줄게."

"알겠습니다."

성준의 대답에 한석은 정밀 탐색 마법을 사용했다. 푸른 마력의 물결이 사방으로 퍼져 나갔다.

한석은 마력의 물결에 닿는 모든 것에 정신을 집중했다. 이윽고 그가 눈을 뜨고 그 결과를 보고하려는 순간, 하늘에서 붉은 피가 비처럼 쏟아졌다.

"피해! 저거 산성이야!"

성준이 경고했다.

로드 길드원들이 황급히 옆으로 몸을 던졌고 성준은 일시적인 무방비 상태가 된 한석을 데리고 고속 이동술을 펼쳤다.

'위치를 들킨 것 같으니까 선공이야? 제법이네.'

성준은 입꼬리를 끌어 올렸다.

'뱀파이어다.'

산성을 머금은 피를 뿌리는 것은 혈마법이 분명했기 때문에 성준은 확신할 수 있었다. 산성 피가 떨어진 땅은 검은 연기를 뿜으며 타들어 갔다.

-혈마법의 수준이 상당히 높습니다. 산성뿐만이 아니라 고위 저주도 깃들어 있습니다.

리슈발트가 말했다.

성준이 보기에도 그랬다. 그는 대답 대신 고개를 끄덕였다.

"저기입니다!"

"파이어 스피어!"

제로스가 아이템을 사용하여 적의 위치를 정확히 찾아내자 신철이 파이어 스피어 3개를 소환하여 날려 보냈다.

비명 소리는 들리지 않았다. 대신 3개의 검은 그림자가 튀어나왔다.

그들이 빛의 공간에 모습을 드러내자 입고 있는 제복과 얼굴이 드러났는데, 한 명이 입고 있는 제복은 성준도 아주 잘 알고 있는 집단의 것이었다.

'성혈 기사단……'

그들은 황궁에서의 1차 기습에 가담했던 종족 연합의 무력 집단이었다.

성준은 과거의 기억이 되살아나는 것을 느끼고 입술을 살짝 깨물었다.

"나는 성혈 기사단의 자프로 후작이다."

그는 자신을 간단하게 소개했지만 그럴 필요 없었다. 성준은 자프로를 알고 있었다. 그는 성혈 기사단의 뱀파이어 후작이자 신관이다. 그래서 지금도 입고 있는 제복이 백색의 사제복 형태를 하고 있었다.

'마물 놈들은 모두 적이야.'

성준은 검을 들어 올렸다.

'전멸시킨다.'

그의 눈에 진한 살기가 깃들었다.

"검성 수준의 검술에 신성 기도문이라…… 네가 '하얀 악마'로군?"

자프로가 질문했다.

그는 키가 작았다. 그래서 본의 아니게 성준을 살짝 올려다볼 수밖에 없었는데 그는 그것이 마음에 들지 않은 것인지 눈살을 찌푸렸다.

"설마 하얀 악마를 연합령에서 보게 될 줄은 몰랐군."

'하얀 악마'의 존재는 더 이상 제국만 알고 있는 것이 아니었다. 종족 연합의 고위층에게도 흘러 들어간 정보였다.

다만, '하얀 악마'의 활약은 대부분 제국과 왕국 연합 간의 전장에서 전해진 것이었기 때문에 종족 연합에서는 그 존재를 크게 생각하지 않고 있었다.

"성혈 기사단이 엘프령에는 무슨 일이지?"

성준은 자프로를 향해 날카로운 시선을 보내며 물었다. 뱀파이어와 엘프는 사이가 좋은 편도 아니었기 때문에 서로의 영역을 침범하는 일이 드물었다.

"우리에 대해서 알고 있는 모양이군."

자프로는 입꼬리를 슬쩍 끌어 올리며 말했다. 종족 연합의 고위층에도 '하얀 악마가 지구의 헌터라는 사실이 전달된 상황이었다. 그래서 지구의 존재인 성준이 '이계어'를 구사할 뿐만 아니라 '성혈 기사단'의 존재에 대해서 알고 있으니 조금 놀란 것 같았다.

성준은 검을 들어 올렸다.

그러자 로드 길드원들도 자프로 후작 일행을 향해 무기를 겨눴다.

그를 수행하고 있는 뱀파이어 기사 둘은 성혈 기사단의 소속이 아닌 듯 자프로와 다른 제복을 입고 있었다.

"다시 한번 묻겠다. 성혈 기사단의 뱀파이어가 왜 엘프령에 있는 거냐?"

"내가 그걸 대답해 줘야 할 이유는 없다."

자프로는 차갑게 대답하며 레이피어를 뽑았다. 부러질 것만 같은 가녀린 검신에 선명하면서 붉은 오러가 깃들었다.

-우호적인 이유로 방문했다면 조금 전에 엘프 검성들과의 교전에 개입했을 겁니다. 다른 이유로 방문한 것 같습니다.

리슈발트가 말했다.

성준은 대답대신 고개를 작게 끄덕이고는 자프로 후작을 향해 몸을 던졌다.

뱀파이어 후작은 하위 티어이지만 SS급으로 평가받는 강한 마물이었다. 거기다 성혈 기사단에 들어갈 정도의 실력자이니 방심할 수 없었다.

"기사 둘을 처리해!"

"알겠습니다!"

뒤에서 한석의 대답이 들려오는 것 같았다.

S급 랭킹 1위 헌터인 한석이 있으니 뱀파이어 기사 둘 정도를 상대하는 것은 어렵지 않을 것이다. 문제는 자프로였다.

"석화!"

성준은 석화 저주를 머금은 붉은 광선을 쏘아내는 것으로 전투의 시작을 화려하게 알렸다.

자프로는 혈마법을 사용하여 광선을 방어했다.

"블링크!"

성준은 블링크까지 사용하여 자프로와의 간격을 순식간에 좁혔다.

"커헉!"

검을 휘두르려는 순간 고통이 찾아왔다. 성준은 황급히 옆으로 고속 이동술을 펼쳐 두 번째 공격을 피했다.

"최상위 고통 저주에 당하고도 고속 이동술을……? 하얀 악마의 명성이 잘못된 것은 아니었군."

자프로 후작의 혼잣말이 들려왔다.

뱀파이어 후작의 전투력은 SS급 하위 정도지만 성혈 기사단에 들어갈 정도의 실력자라서 그런지 SS급에서도 중간 티어 정도로 체감되었다.

"네 녀석의 전투 방식은 다 알고 있다!"

신속한 찌르기와 함께 발현된 핏빛 오러가 잘게 쪼개져서 비처럼 쏟아졌다. 하나라도 맞으면 치명적인 공격이 폭풍처럼 쏟아졌다. '힐'을 사용할 시간을 주지 않을 속셈이었다.

성준은 침착하게 목에 걸고 있는 '정의로운 방패'로 손을 가져가며 입을 열었다.

"앱솔루트 실드."

급한 상황이었지만 차분하게 마력을 끌어 올렸다. 그러자 무색의 방어막이 성준을 보호했다. 핏빛 오러의 빗속에서도 '앱솔루트 실드'는 흔들림 없이 성준을 보호했다.

"힐."

성준은 앱솔루트 실드가 유지되는 동안 '힐'을 사용했다. 복부의 관통상이 순식간에 치유되었다.

"대마법이라고……?"

자프로는 경악했다.

대마법은 아무나 사용할 수 있는 마법이 아니었다. 거기다가 성준은 검성급의 검술에 강력한 '힐'까지 사용하고 있었으니 자프로가 경악할 법도 했다.

붉은 오러의 비가 그치자 성준도 앱솔루트 실드를 해제했다. 무색의 방어막이 사라지고 선명하게 모습을 드러낸 성준에게서 붉게 물든 사제복을 제외하면 부상을 입은 흔적을 찾기 힘들었다.

"인간 주제에 회복량이 엄청나군. 감탄했다."

자프로는 레이피어를 회수하며 엄지를 깨물어 출혈을 발생시켰다. 붉게 물든 엄지로 허공에 마법진을 그리자 블러드 나이트가 소환되었다.

성준이 미처 저지할 틈도 없을 정도로 순식간에 벌어진 일이었다.

"모두가 피의 신관을 두려워하는 이유를 가르쳐 주마!"

소환된 블러드 나이트가 성준에게 달려와 검을 휘둘렀다.

성준이 그 공격을 회피하는 동안 자프로는 새로운 블러드 나이트를 소환했다.

-S급 마물인 블러드 나이트를 이렇게 빠르게 소환하는 뱀파이어 귀족은 처음 봅니다! 주의할 필요해야 합니다!

리슈발트의 말대로 자프로의 블러드 나이트의 전투력에 비해 자프로의 소환 속도가 빨랐다.

성준이 하나를 처치하는 동안 둘이 추가로 소환되었으니 블러드 나이트의 수가 급속도로 늘어날 게 분명했다.

"우리 피의 신관들은 혈마법에 특화되어 있다! 저승에 가서 복습해 둬라!"

승기를 잡았다고 생각한 것인지 자프로는 환하게 웃으며 또 하나의 블러드 나이트를 소환했다.

"내가 이겼다!"

"과연 그럴까?"

자신감 넘치는 목소리로 외치는 자프로를 보며 성준은 명백한 비웃음을 흘렸다.

그것을 본 자프로의 눈썹이 꿈틀거렸다.

"인간. 실성한 모양이군……. 좋다, 네가 가진 패를 꺼내보아라."

하지만 자프로는 블러드 나이트의 소환을 멈추지 않았다. 이제 블러드 나이트의 수는 7기가 되었고 그중에서 2기는 뱀파이어 기사들을 지원하기 위해서 움직였다.

성준은 자프로를 향해 차분한 시선을 던지며 입을 열었다.

"잘 가라."

긴 설명은 필요 없었다. 작별 인사로 충분했다.

-동조율 상승! 현재 69%입니다!

"이, 이 마력은 대체?"

일순간 성준의 전신에서 강대한 마력이 폭발하듯 터져 나왔다. 그것은 마치 드래곤 피어처럼 블러드 나이트들을 압도했다.

블러드 나이트들은 중심을 잃고 휘청거렸고 뱀파이어 후작인 자프로도 간신히 균형을 유지했지만 순간적으로 위태로운 모습을 보였었다.

"질풍검."

고속 이동술과 함께 펼쳐진 검풍의 폭풍은 블러드 나이트를 모두 조각냈고 성준은 어느새 자프로 후작의 코앞까지 접근한 뒤였다.

굳이 뒤를 잡을 필요도 없었다, 검술로 '압도'할 자신이 있었기에.

"참검."

"이, 이건…… 크아아악!"

뭔가가 번쩍였다. 그리고 고통이 찾아왔다. 자프로는 본능적으로 위험을 느끼고 황급히 회피 동작을 취했지만 왼팔을 잃고 말았다.

"이, 이 검술은?"

꿈이었으면 싶었다. 현실을 부정하고 싶을 정도로 처참하게 일격을 허용하고 말았다.

자프로는 눈동자를 바쁘게 움직여 성준의 움직임을 읽기 위해 노력했다.

"로우켈의 검술이냐!"

자프로가 발악하듯 외쳤다.

그런 그를 향해 성준이 검을 휘둘렀다. 휘둘러진 검이 자프로의 목을 노렸다.

그는 레이피어를 들어 올려 방어를 시도했다.

"쉽게 당하지는 않는다!"

"환영검."

단순한 검격은 막아낼 수 있었겠지만 환영검은 무리였다. 쏟아지는 환영검에 자프로가 다급하게 펼친 방어 혈마법은 산산이 조각났다.

"크윽!"

허공에 붉은 피가 분수처럼 튀었다. 자프로의 허망한 시선이 갈 곳을 잃은 채 허공에 흩어졌다.

성준은 뒤편을 향해 시선을 옮겼다. 한석의 활약으로 뱀파이어 기사 둘과 블러드 나이트들이 전멸한 뒤였다.

성준은 만족스러운 표정으로 고개를 끄덕이며 자프로에게

다가갔다.

"로우켈은 죽었다고 들었는데…… 그의 의지는 남아 있었던 건가……."

자프로가 말했다. 목소리에 힘이 없었다. 얼마 버티지 못하고 숨이 끊어질 것만 같았다.

"끝내줄게."

성준은 굳이 대화를 이어갈 필요 없이 검으로 목을 찔러서 그의 숨통을 끊었다.

성혈 기사단원이 엘프령의 마을을 방문한 이유가 궁금했지만 나중에 차근차근 알아볼 기회가 있을 것 같았다.

-공략 확인, 계측 완료. SS급 던전을 클리어하셨습니다.

-새로운 아이템의 존재를 확인.

"마정석 루팅을 부탁해."

"맡겨주세요! 형님!"

장훈이 대답했다.

성준은 뱀파이어 후작 자프로가 남긴 아이템을 확인했다. 그가 입고 있는 하얀 사제복이 아이템이었다. 내키지는 않았지만 아이템 루팅을 위해 자프로의 시체에서 사제복을 벗기고 계측기의 아이템 감정 기능을 사용했다.

[불온한 기도]

S급.

방어 효과 확인.

고위 저주 면역 확인.

치유 효과 증폭 확인.

오러 증폭 효과 확인.

자동 수복 효과 확인.

S급 아이템이었다. 자동 수복 효과도 있어서 마력을 불어넣자 금세 새것처럼 변했다. 붙어 있는 옵션이 괜찮아서 성준이 사용하기로 했다.

"이 아이템은 내가 쓸게. S급 아이템 시세에 맞춰서 현금 나눌 거니까 걱정은 하지 말고."

길드 단위로 던전을 공략할 경우 아이템이 나오면 경매를 진행하여 낙찰된 금액을 나누게 되지만 성준은 귀찮은 절차는 생략하고 싶었다.

다행히 반대는 나오지 않았다. 동급의 던전에 비해 루팅한 마정석이 많아서 그런지 모두가 만족스러운 표정이었다.

마정석 루팅이 거의 끝나갈 때였다. 사제복을 갈아입은 성준은 안주머니에 뭔가가 있는 것을 느꼈다. 꺼내서 봤더니 나뭇가지였다.

-쓰레기는 아닌 것 같군요. 강한 마력이 느껴집니다.

리슈발트가 말했다.

성준도 고개를 끄덕이며 동의했다. 제로스에게 물어보기 전까지 버릴 생각은 없었다.

루팅이 완전히 끝나고 성준은 길드원들을 향해 입을 열었다.

"집에 가자."

뱀파이어령에는 3명의 대공이 존재했다. 그들 중 2명이 리블하인의 영주성 중앙 홀에 모였다.

"자프로 후작이 당했습니다."

금발에 붉은 눈이 인상적인 그는 성혈 기사단장인 켈트헤임 대공이었다.

나이를 많이 먹은 것인지 뱀파이어임에도 불구하고 중년의 외모를 하고 있었다.

"누구한테?"

"정확하지는 않지만 생존한 엘프들을 조사해 본 결과, '하얀 악마'인 것 같습니다."

"하얀 악마라면……."

"SS급 헌터 강성준입니다."

켈트헤임의 대답에 리블하인은 피가 날 정도로 입술을 깨물었다. 고작해야 인간이 자신의 대계를 방해하고 있다는 생각을 하자 기분이 좋지 않았다.

"그렇다면 '세계수의 조각'은 어떻게 되었습니까?"

"회수를 위해 성혈 기사 단원을 2명 보냈지만 소득은 없었습니다."

"'세계수의 조각'이 하얀 악마에게 넘어갔다고 생각해도 되겠군요?"

"그렇다고 볼 수 있습니다."

켈트헤임은 분노를 감당할 생각으로 솔직하게 대답했다. 뱀파이어 대표인 리블하인에게 거짓을 보고할 수는 없었다.

"켈트헤임 대공."

"말씀하십시오."

"대공도 알겠지만 이 '대계'는 이게 침략 계획보다 중요합니다."

"다음 차원 관문이 열릴 때 세계수의 조각을 탈환하기 위한 인원을 보내겠습니다."

거대한 음모가 시작되려 하고 있었다.

4장
비열한 흑막

자프로를 처치하고 동조율은 68%가 되었다.

성준은 자프로에게서 루팅한 사제복, '불온한 기도'의 안주머니에 있던 나뭇가지의 정체를 밝히기 위해 저택으로 돌아오기무섭게 제로스를 찾았다.

"제로스. 이게 뭔지 알아?"

성준은 제로스에게 나뭇가지를 건네며 물었다.

마력을 지니고 있었지만 리슈발트의 도움을 받고서도 계측기로 감정할 수 없었다. 제로스는 마도학자였고 지식이 많았기 때문에 알 수도 있을 것이라고 생각했다.

"이걸 어디서 구하셨습니까?"

정체불명의 나뭇가지를 자세히 살펴본 제로스는 놀란 얼굴로 물었다.

"자프로 후작의 사제복 안주머니에서 찾았지."

성준의 예상대로 그는 무엇인가 알고 있는 모양이었다.

"엘프에게서 얻었다면 몰라도 뱀파이어인 자프로 후작의 사제복 안주머니에서 찾았다면 조금 이상하네요."

"뭐가 이상한데?"

"이건 '세계수의 씨앗'입니다."

성준은 두 눈을 가늘게 뜨고 제로스를 응시했다. 그도 '세계수의 씨앗'에 대한 정보는 조금 알고 있었다.

"세계수의 씨앗이라면 신목이 품고 있는 세계수의 뿌리가 '진화'한 거 아냐?"

"그렇습니다. 로우켈 경께서 강성준 경에게 많은 것을 가르쳤군요."

엘프령의 중심에는 '세계수'가 있고 각 마을에는 세계수의 뿌리를 품은 '신목'이 있다. 그리고 신목이 세계수의 뿌리를 오랜 시간 머금고 있으면 그것은 세계수의 씨앗으로 변한다. 이렇게 진화한 세계수의 씨앗을 한 곳에 여러 개 심으면 세계수가 탄생하게 된다.

세계수의 씨앗은 희귀한 것이고 세계수의 수명이 존재하기 때문에 엘프들은 이 씨앗들이 발견될 때마다 매우 중요하게 보관해 왔다.

그런데 성혈 기사단원의 안주머니에서 나왔으니 의심스러운 일이었다.

"세계수의 씨앗은 엘프들에게 있어서 매우 중요한 것입니다. 성혈 기사단의 뱀파이어 후작이 가지고 있었다는 게 이해가 가지 않습니다."

"양도의 가능성은?"

성준은 내뱉고도 고개를 저었다.

그도 '세계수의 씨앗'이 얼마나 중요한 것인지 알고 있었다. 스스로 생각해 봐도 양도의 가능성은 없었다.

"강성준 경께서도 양도의 가능성이 없다는 사실을 알고 계실 것이라고 생각합니다."

제로스가 말했다.

성준은 두 눈을 가늘게 뜨고 생각을 정리했다. 양도의 가능성이 없는 상태에서 뱀파이어 성혈 기사단원이 그것을 가지고 있었다면 생각해 볼 수 있는 경우의 수는 하나밖에 없었다.

"빼앗은 건가……?"

"저도 그렇게 생각합니다. 그나마 가능성 있는 경우입니다."

성준의 말에 제로스도 고개를 끄덕였다. 그의 말대로 그나마 가능성이 높은 경우였지만 그럼에도 불구하고 의문이 없는 것은 아니었다.

"뱀파이어와 엘프가 우호적인 관계는 아니지만 엄연히 같은 세력이잖아. 그런데 왜 성혈 기사단이 엘프들에게 있어서 중요한 '세계수의 씨앗'을 빼앗은 거지?"

성준이 제로스를 보며 질문했다.

해답을 원했지만 기대는 하지 않았다. 결론을 내리기에는 확보한 정보가 너무 적었다.

"지금으로써는 저도 알 수 없습니다. 하지만 들키면 연합의 유대에 치명적인 독이 될 일입니다. 종족 연합에서 떨어져 나오게 되더라도 더 큰 이득을 얻을 수 있다는 계산이 있었을 겁니다."

"아무래도 그렇겠지. 뱀파이어는 계산적인 종족이니까."

종족 연합과의 전장에서 긴 시간을 보냈다. 그래서 그들에 대한 정보는 선명하게 기억하고 있었다.

"복잡하네."

솔직한 심정이었다. 제국의 침공 계획만 해도 머리가 아픈데 뱀파이어들까지 모종의 음모를 꾸미는 듯했다. 그리고 그들의 음모 또한 지구에 도움이 될 만한 것은 아닐 것이었다.

"엘프령에 가져가서 상황을 설명하는 것은 어떨까요?"

제로스가 조심스럽게 의견을 말했지만 성준은 단호하게 고개를 저으며 입을 열었다.

"안 믿을 거야. 뱀파이어들과 사이가 나쁘다고는 하지만 같은 세력이잖아."

"역시 그렇군요. 그렇다면 처리는 어떻게 할 생각이십니까?"

"내가 가지고 있으려고. 버리기엔 너무 아깝잖아."

가벼운 미소와 함께 성준이 말했다.

제로스는 짧은 한숨을 내쉬었다.

"표적이 될 겁니다."

"이걸 버려도 내가 표적이 될 거야."

모두 죽이려고 노력했지만 분명 생존자가 있을 것이다. 그리고 엘프는 물론이고 뱀파이어들도 적극적으로 조사를 했을 것이다.

마지막까지 있었던 이가 성준이었으니 표적이 될 확률은 매우 높았다.

"확실하지는 않지만 '세계수의 씨앗'이 등장한 것을 보면 세계수가 수명을 다하고 있을지도 모른다는 생각이 드는군요."

세계수의 수명이 다하면 엘프들은 새로운 세계수를 필요로 하게 된다.

"어쩌면 뱀파이어 대표는 엘프들을 전멸시키려는 생각일지도 모르겠습니다."

"아직 확실한 건 아니니까 상황을 지켜보자."

성준이 말했다.

"저택의 방어를 강화하겠습니다."

"자금 지원은 제대로 해줄 테니까, 잘 부탁해."

돈은 충분했다. '조' 단위의 자금이 준비되어 있었다. 우수한 마도학자인 제로스가 저택의 방어를 강화하기에는 충분한 자금일 것이다.

"맡겨만 주세요."

제로스는 자신감 넘치는 목소리로 대답했다.

그와의 대화가 끝났다. 알고 싶은 것들이 많았지만 대화를 계속하기에는 정보가 부족했다.

성준은 저택의 1층으로 올라오면서 '세계수의 씨앗'을 차원 주머니에 넣었다.

-서국 신약개발연구소로 이동할 예정이십니까?

리슈발트가 물었다. 성준은 대답 대신 고개를 끄덕였다.

이번에 새롭게 연구소장직을 맡게 된 주성은이 보고할 게 있다면서 메시지를 남겼었다. 정기적으로 메일을 통해 보고서를 받고 있기는 했지만 변동 사항이 있을 경우에는 직접 만나서 구두 보고를 받고는 했다.

성준은 바로 서국 신약개발 연구소로 향했다. 마침 시간의 여유가 있었던 한석이 운전을 맡았고 성준은 뒷좌석에서 편하게 쉬면서 정철에게 전화를 걸었다.

-전화 받았습니다.

"연구소 쪽에 문제는 없지?"

성준이 질문했다. 연구소에 도착하기 전에 검토하는 것이었다.

-얼마 전에 감시자들에게서 보고서를 받았습니다. 모두 공통으로 문제점을 발견하지 못했다고 서술되어 있었습니다. 주성은 연구소장이 일을 잘하는지는 모르겠지만 적어도 횡령을 하는 건 아닙니다.

"그러면 걱정은 없겠네."

주성은 연구소장이 일을 열심히 하고 있다는 것은 성준이 알고 있었다. 나한수가 연구소장으로 있을 때 그녀는 책임 연구원으로서 많은 일을 해결했었다. 횡령만 없다면 문제없다고 생각했다.

전화 통화가 끝나고 얼마 지나지 않아서 한석이 운전하는 차량이 서국 신약개발연구소에 도착했다.

"오셨습니까?"

연구소장 주성은이 보낸 직원이 주차장에서 대기하고 있었다.

"여기서 기다리고 있어."

연구소는 위험할 일도 없고 또 그렇다고 해도 성준은 특별히 호위 같은 게 필요하지 않았기 때문에 한석을 주차장에 대기시킨 뒤, 직원과 함께 발걸음을 옮겼다.

성준은 서국 신약개발연구소에 대해서는 잘 알고 있었고 주성은도 그 사실을 알고 있었다.

그럼에도 불구하고 직원을 보낸 것은 왜일까?

성준은 곧 그 이유를 알 수 있었다.

연구소 안으로 들어서기 무섭게 직원이 태블릿 PC를 보여주며 신약 개발 진행도에 대한 브리핑을 시작했기 때문이었다.

"……이상입니다."

복도의 시작 지점에서 브리핑이 끝났다.

연구소장실이 직선으로 보이는 곳이었기 때문에 안내를 맡은 직원은 고개를 숙인 뒤, 물러났다. 브리핑 내용 덕분에 성은이 얼마나 열심히 일했는지 알 수 있었다.

-일도 열심히 하는 것 같고 횡령도 하지 않으니 적당한 인재를 찾아서 배치한 것 같습니다.

"나한수의 경우도 있으니까 계속 지켜봐야지."

리슈발트는 성은의 일 처리가 마음에 드는 모양이었지만 성준은 차분하게 대답했다.

배신은 한 번으로 충분했다. 되풀이되는 것은 실수가 아니라고 생각했기 때문에 성준은 철저하게 행동했다.

"들어갑니다."

짧은 노크과 함께 성준이 연구소장실의 문을 열고 안으로 들어갔다.

성은은 칠판 앞에 서서 복잡해 보이는 화학 구조 같은 것을 응시하고 있었다. 성준은 일부러 인기척을 냈지만 그녀는 눈치채지 못했다.

"주성은 씨."

"아…… 죄송합니다."

그녀의 이름을 부른 뒤에서야 성은은 성준이 있는 방향으로 고개를 돌렸다.

예전에 비해서 얼굴이 많이 상했다. 마치 피로에 찌들어 있는 듯했다.

"업무는 익숙해지셨어요?"

성준이 말했다.

그 한마디에는 여러 의미가 함축되어 있었다. 성은은 그것을 어렵지 않게 알아챘고 곧 미소와 함께 입을 열었다.

"저는 전임자와는 다를 거예요. 그 증거로 벌써 좋은 소식을 하나 가져왔습니다."

"좋은 소식이요?"

"신약을 개발했습니다."

"그게 정말입니까?"

성준의 목소리가 커졌다.

얼마나 기다렸던 말이었던가?

한수 때문에 조금 늦은 것 같지만 지금이라도 들으니 좋았다.

"바로 투약 가능합니까?"

급한 마음에 던진 질문이었다. 최고의 의료팀이 수혁을 케어하고 있지만 투약은 빠를수록 좋다고 생각했다.

"당장은 무리입니다."

"얼마나 걸립니까?"

"지금 안정성 검사를 하고 있습니다. 오래 걸리지는 않을 것 같습니다."

성은이 말했다. 성준 관련 지식이 거의 없었지만 성은의 추가 설명에 의하면 안정성 검사를 끝내고 몇 가지 검사만 더 거치면 투약이 가능하다는 것 같았다.

"대단하시네요."

그는 새삼스럽지만 성은의 능력에 감탄했다. 처음부터 그녀를 연구소장 자리를 줬다면 한수가 횡령하는 일도 없었을 것이며, 신약도 더 빠르게 개발되었을 것이다.

"최선을 다했을 뿐입니다."

성은은 언제나 최선을 다했다. 한수가 횡령을 하고 있을 때에도 묵묵히 맡은 일을 했다.

성준은 성은과 같은 타입의 일벌레를 좋아했다.

"추가 보상이 있을 겁니다. 기대하셔도 좋습니다."

"지금 월급만 해도 과분합니다."

진심인 것 같았다. 성준의 입가에 미소가 번졌다.

성은은 보고서를 제출했지만 의학 지식이 없는 성준에게는 암호문처럼 느껴졌다. 그가 보고서를 내려놓자 성은이 차분한 표정으로 입을 열었다.

"며칠 안에 필요한 절차가 끝납니다. 그러면 신약을 세계에 공개할 생각이십니까?"

"무슨 말씀이시죠?"

"이사장님의 개인 투자로 진행된 개발인 만큼 원치 않으시면 제조법을 묻어둘 수도 있습니다."

성은의 말에 성준은 짧게 고민했지만 이내 희미한 미소와 함께 고개를 저었다.

"공개하겠습니다. 아버지와 같은 환자들이 치료받을 수 있는 길이 열렸는데 독점할 수는 없죠."

"이사장님…… 훌륭하다는 말로…… 부족할 정도입니다."

"청룡 그룹에 연락을 해두겠습니다. 담당자가 배정될 테니까 적당하게 조율하세요. 개인적으로 비싼 값에 파는 건 반대입니다. 적당히 손해 보지 않고 이득을 취할 수 있게 해주세요."

"그건 저보다 청룡 그룹의 관계자가 더 잘 알 것 같습니다."

성은이 대답했다. 성준은 말없이 고개를 끄덕였다.

주성은 연구소장으로부터 좋은 소식을 전달받은 성준은 저택으로 돌아가는 길에 설아에게 전화를 걸었다.

-강성준 씨? 오랜만에 전화하셨네요?

설아는 오랜만에 걸려온 성준의 전화에 자신의 목소리에서 반가운 감정이 섞여 나오는 것을 숨길 수 없었다.

성준도 그것을 눈치챘지만 내색하지는 않았다.

"일 때문에 할 말이 있습니다."

-아…… 일이요? 말씀하세요.

일 때문에 연락했다는 사실이 설아를 실망시켰다. 그녀는 성준의 사적인 연락을 기다리고 있었던 것이었다.

하지만 공적인 전화라도 성준의 목소리를 들을 수 있으니 나쁜 것은 아니었다.

"신약개발 때문입니다."

성준은 서국 신약개발 연구소에서 신약의 개발이 끝났으며 최종적으로 몇 가지 검사 절차를 남겨두고 있다는 사실을 설아에게 알렸다.

-정말이요? 다행이다…….

설아는 성준의 아버지가 완치될 수 있다는 것을 자신의 일처럼 기뻐해 주었다. 그런 설아의 태도는 성준의 입가에 미소가 번지게 했다.

"신약을 저렴한 가격에 널리 보급하고 싶습니다."

-아…… 정말 훌륭한 생각이에요.

감동받은 것인지 설아의 목소리가 살짝 떨렸다.

"허가받고 그러려면 복잡할 텐데…… 그쪽 문제 해결을 부탁해도 되겠습니까?"

-걱정 마세요. 제가 다 할게요.

귀찮은 일을 다 떠넘긴다는 느낌이었지만 설아는 망설임 없이 대답했다. 성준을 위해서라면 다소 귀찮은 일이라도 기꺼이 나설 준비가 되어 있었다.

-제가 잘 모르지만, 이쪽 혈액암의 치료제는 처음이니까 저렴한 가격으로 보급한다고 해도 꽤 많은 이익을 취할 수 있을 거예요.

설아가 설명했다.

"좋네요."

성준이 대답했다.

돈은 많이 가지고 있을수록 좋았다. 게다가 최대한 저렴한 가격으로 보급할 예정이니 선한 일도 하는 셈이었다.

-강성준 씨가 맡겨주셨으니까, 이번 일은 청룡 그룹에서 책임지고 해결할게요.

설아의 자신감 넘치는 대답을 끝으로 통화가 끝났다.

스마트폰을 주머니에 집어넣었을 때, 차는 타이밍 좋게 저택의 열린 대문을 지나고 있었다.

"수고했어."

성준은 차고에 주차를 끝낸 한석을 보며 말한 뒤, 제로스의 공방이 있는 저택의 지하로 발걸음을 옮겼다.

최근 제로스와 대화를 나눌 일이 많았다. 그래서 지하실을 자주 방문하는 편이었다.

"오셨습니까?"

지하실 문을 열고 안으로 들어서자 제로스의 목소리가 성준을 반겼다. 어떤 연구에 집중하고 있었던 탓에 한 박자 느린 반응이었다.

하지만 성준은 아랑곳 않고 공방 중앙에 놓여 있는 딱딱한 의자에 앉았다.

"천천히 마무리해."

성준은 마도학자에게 있어서 연구가 얼마나 중요한지 알고 있었기에 재촉하지 않았다.

그는 느긋한 표정으로 탁자 위에 놓여 있는 쿠키를 집어 들어 입으로 가져갔다. 꽤 오래된 것 같았지만 맛있었다.

"직접 만든 거야?"

"설마요. 근처 제과점에서 샀습니다."

성준의 물음에 제로스는 희미한 미소를 머금은 채 대답했다.

이윽고 그는 연구를 마무리한 것인지 짧은 한숨과 함께 마법 재료들을 가지런히 모았다.

정리가 끝나고 그는 성준의 앞으로 의자를 끌어와 앉았다.

"오늘은 무슨 일이십니까?"

"'불온한 기도'를 얻었다고 말했던 거 기억하지?"

"물론입니다. 상세한 옵션까지도 기억하고 있습니다."

제로스가 대답했다. 성준은 입고 있던 '불온한 기도' 사제복을 벗어서 탁자 위에 올려놓았다.

그 행동의 의미를 알 수 없었기에 제로스의 얼굴에 의문의 빛이 깃들었다.

"고위 저주 면역이 어느 정도인지 확인해 보고 싶어. 너라면 도와줄 수 있을 것 같아서 찾아왔지."

"마침 다른 일 때문에 관련된 시설을 갖춰놓았습니다. 당장에라도 실험이 가능한데, 어떻게 하시겠습니까?"

제로스가 말했다. 아무래도 타이밍을 잘 맞춘 것 같았다.

"바로 하면 나야 좋지."

성준이 대답하자 제로스가 먼저 의자에서 일어났다.

"이동하시죠."

저택의 규모가 커서 그런지 마법 공방으로 사용되고 있는 지하실도 넓었다. 성준은 공방의 깊숙한 곳으로 제로스를 뒤따라 들어갔다.

"여기야?"

"네. 아무런 방비가 되어 있지 않은 벽면에다가 아이템을 걸어두고 고위 저주를 난사할 수는 없으니까요. 여기는 설비가 갖춰져 있습니다."

제로스의 발걸음이 멈추자 성준이 물었다.

이제는 중년을 바라보는 유능한 마도학자는 신이 나서 설명을 시작했다. 어떤 설비가 갖춰져 있는지에 대한 설명까지 끝내자 그는 '불온한 기도'를 벽면에 고정시켰다.

그의 말대로 벽 쪽에는 고위 저주가 확산되지 않게 하기 위한 마법적 장치가 가득했다.

"그리고 주머니에는 이걸 넣어두겠습니다."

제로스는 붉은색을 띠는 마정석을 들어 올려 성준에게 보여준 뒤, '불온한 기도'의 주머니에 넣었다.

"아…… 그거?"

"네. 그겁니다. 마법이나 저주의 영향을 어떻게 받았는지 체크 해주는 마정석이지요. 강성준 경도 아시겠지만 이름은 없고 붉은 마정석이라고 부르는 그겁니다."

성준이 고개를 끄덕이자 제로스는 뒤로 물러나서 단검 모양의 아이템을 집어 들었다.

"저는 저주에 능통하지 않기 때문에 아이템의 힘을 빌리겠습니다. 시간이 조금 걸릴 겁니다."

"그럼 나부터 할게."

'메두사의 눈'이라는 아이템을 착용하고 있어서 석화 저주를 사용할 수 있었다. 석화도 고위 저주에 포함되기 때문에 실험할 가치는 충분했다.

"저주가 확산되지 않게 결계를 활성화시키겠습니다."

제로스가 결계를 활성화시키는 것을 확인한 성준은 벽면에 고정되어 있는 '불온한 기도'를 노려보며 마력을 끌어 올렸다.

"석화."

시동어와 함께 두 눈에서 붉은 광선이 쏘아졌다.

'불온한 기도'를 강타한 붉은 광선이 사그라들자 제로스는 조심스럽게 다가가 주머니에서 붉은 마정석을 꺼냈다. 그리고 간단한 마법으로 마정석 내부의 정보를 읽었다.

"고위 수준의 석화 저주였습니다만 '불온한 기도'의 면역 효과 덕분에 아주 약간의 '경직'만 받은 것 같습니다. 훌륭한 아이템이군요. 역시 성혈 기사단원의 선택을 받을 만합니다."

'불온한 기도'의 저주 면역 효과를 확인하기 위한 실험은 계속되었다.

성준은 석화를 제외하면 사용할 수 있는 고위 저주가 없었기 때문에 시간이 걸리더라도 제로스가 아이템을 사용할 수밖에 없었다. 5차례의 저주 실험이 끝나고 제로스는 '불온한 기도'의 저주 면역 효과가 매우 뛰어나다는 판단을 내릴 수 있었다.

"훌륭한 아이템입니다. 오러 증폭 효과도 실험해 보시겠습니까?"

제로스의 물음에 성준은 고개를 끄덕였다. 계측기는 아이템의 효과를 수치화할 수 있을 정도의 기술력이 없었기 때문에 직접 실험해 봐야 알 수 있는 것들이 많았다.

그리고 그런 종류의 것들은 실전에서 익히는 것보다 연습을 통해 알아두는 게 좋았다.

"바위를 소환하겠습니다."

"수고가 많네."

"별일 아닙니다."

성준은 '불온한 기도'를 다시 입고 반지 형태의 로엔을 검으로 변형시켰다.

제로스가 바위를 소환했다. 그는 검에 오러를 불어 넣은 뒤, 망설임 없이 벴다.

"다시 바위를 소환하겠습니다. 이번에는 '불온한 기도'를 벗은 상태로 진행해 주시겠습니까?"

성준이 고개를 끄덕이며 '불온한 기도'를 벗자 제로스가 다시 바위를 소환했다.

휘둘러진 검이 바위를 잘라냈다. 제로스는 마법으로 잘린 바위들을 분석했다.

"오러 증폭 효과는 확실합니다. 2배 정도네요."

"생각보다 증폭 효과가 좋은 것 같은데?"

"S급 아이템의 옵션이라서 그런 것 같습니다. 아이템 등급이 올라갈수록 붙는 옵션의 효율 역시도 증가합니다. 알고 계시죠?"

"그 정도는 알고 있지. 나도 헌터잖아."

"아무튼, 이 정도면 일반적인 A급 헌터의 오러 정도는 별도의 기술 없이도 그냥 절단할 수 있을 정도입니다."

제로스가 설명했다. 상대방의 오러를 '압도'할 수는 있어도 특별한 기술 없이 '절단'이 가능할 정도면 매우 강력한 오러가 필요했다.

"오러도 개인차가 있다는 것을 알고 계실 겁니다. 그러니 모든 A급 헌터의 오러를 절단할 수 있을 거라고 확답을 드릴 수는 없겠지만 절반 이상은 강성준 경의 오러 앞에서 조각날 겁니다."

만족스러운 결과였다. 성준의 입가에 미소가 번졌다.

그 모습을 본 제로스가 입을 열었다.

"실전에서 확인하고 싶으신 겁니까?"

"아니라고는 말 못 하겠네. 최대한 빨리 던전 솔플 일정을 잡을 생각이야."

던전에서도 오러를 사용하는 적들이 있으니까 증폭 효과를 확인할 수 있을 것이다.

"수고 많았어."

"별일 아니었습니다. 이것으로 황제에게 검을 겨눌 수 있는 날이 가까워진 것 같아서 기쁘군요."

제로스가 말했다.

그는 제국에 의해 모든 것을 잃었다. 그래서 제국에 대한 원한이 깊었다. 그가 성준을 돕는 이유는 로우켈의 제자라는 것도 있었지만, 자신으로서는 불가능한 복수를 성준이 대신해

줄 수 있다는 믿음도 있었다.

성준은 제로스와의 대화를 정리하고 서재로 발걸음을 옮겼다. 아이템을 점검한 뒤, 책을 읽으며 30분 정도 시간을 보내자 누군가 다가오는 기척이 느껴졌다.

"박정철입니다."

가벼운 노크 소리와 함께 정철의 목소리가 흘러들어 왔다.

"들어와."

"실례하겠습니다."

성준이 허락하자 문이 열리고 정철이 들어왔다.

"앉아."

"네."

앉을 것을 권하자 정철은 성준의 앞에 앉아서 차분한 표정으로 입을 열었다.

"조금 전에 '미국'에서 연락이 왔습니다."

정철의 말에 성준은 아차 하는 심정으로 스마트폰을 확인했다. 부재중 전화가 1통 있었다. 시간을 보니 지하에서 '불온한 기도'의 성능을 실험하느라 받지 못한 것 같았다. 그래서 정철에게까지 연락이 간 모양이다.

"내용은?"

성준은 책을 덮으며 물었다.

"자세한 내용은 저도 전달받지 못했습니다. 제니퍼 씨가 출국했다는 게 전부입니다."

"그래?"

"아마 제니퍼 씨가 길드장님에게 직접 전달할 것 같습니다."

정철의 말에 성준은 고개를 끄덕였다.

중앙헌터국은 언제나 철저하게 준비를 하고 움직였으며 보안에도 신경을 많이 썼다. 정철을 신뢰하지 않는 것은 아니겠지만 당사자에게 직접 전달해야 할 필요성이 있는 내용인 것 같았다.

"짐작 가는 거라도 있으십니까?"

"대충은."

지금 시기에 미국이 성준을 찾을 일은 하나밖에 없다.

"부정적인 일입니까?"

"그건 아니야."

"그렇다면 다행입니다."

성준이 고개를 젓자 정철은 안도했다. 그리고 더는 묻지 않았다.

정철은 정보원 출신으로 고위층을 상대하는 사업을 벌이고 있었다. 그래서 언제나 쓸데없는 호기심을 자제했다. 그리고 성준은 정철의 그런 면을 좋아했다.

정철이 서재를 떠나고 성준은 조용히 생각을 정리했다.

그런 그를 보며 리슈발트가 조심스럽게 입을 열었다.

-그것…… 입니까?

"그래…… 그거다."

리블하인은 복잡한 머릿속을 정리하기 위해 정원을 산책하고 있었다. 정원에는 많은 종류의 꽃이 있었지만 모두 어딘가 모르게 차가운 분위기를 풍기고 있었다.

정원 중앙의 길을 따라 걷는 리블하인의 뒤로 하늘에서 검은 연기가 내려와 사람의 형태가 되었다.

리블하인이 손짓을 하자 차가운 바람이 불어와 검은 안개를 몰아냈다. 그러자 켈트헤임의 모습이 드러났다.

"차원 관문을 넘을 공격대 편성이 끝났습니다."

켈트헤임이 말했다.

제국과 종족 연합의 동맹은 몇 년간 레이드를 통해 열린 차원 관문으로 소수의 정보원을 꾸준히 지구로 보내서 괜찮은 수준의 정보망을 구축해 두었다. 덕분에 한국의 SS급 회복계 헌터 강성준에 대한 정보도 곧 전달받을 수 있었다. 한국은 인터넷이 발전되어 있고 성준은 사실상 '공인'이었기 때문에 쉽게 정보를 수집할 수 있었다.

"준비가 끝난 겁니까?"

"침공사령부에서 곧 차원 관문을 열 겁니다. 공격대는 원정대와 함께 이동하다가 강성준을 타격하기 위해 이탈할 예정입니다."

켈트헤임의 대답에 리블하인의 입가에 차가운 미소가 번졌다. 침공사령부는 제국과 종족 연합 동맹이 지구를 공격하기 위해 만든 군사 기관이었다. 그들은 주로 지구에 생성되는 던전과 레이드를 관리한다.

"공격대 편성은 어떻게 됩니까?"

"총원 12명입니다. 지휘는 요툰 공작이 맡았고 11명의 후작이 그를 지원할 겁니다. 편성된 인원은 모두 성혈 기사단입니다."

SS급 상위 티어로 분류되는 공작이 1명에 하위 티어지만 마찬가지로 SS급인 후작이 11명이면 하나의 국가를 멸망의 길로 인도하기에 충분한 전력이었다. 이 강력한 공격대가 노리는 대상은 오직 강성준뿐이었다.

"요툰 공작이라면 믿을 수 있겠군요."

성혈 기사단의 구성원은 100명 정도였고 모두 최정예들이었기 때문에 리블하인은 그들 모두의 정보를 알고 있었다.

"대공께서 최종 승인만 해주신다면 바로 움직일 예정입니다."

성혈 기사단은 독자적인 작전권을 가지고 있지만, 이번처럼 후작급 5명 이상이 동원되는 대규모 공격에는 뱀파이어령 대표의 최종 승인이 필요했다.

"승인은 어렵지 않습니다. 가서 반드시 승리하세요."

리블하인의 승인과 함께 12명의 성혈 기사단원이 지구로 향하는 차원 관문을 넘었다.

한국에 입국한 제니퍼가 찾은 곳은 당연히 성준의 저택이었다. 미리 연락을 해두었기 때문에 간단한 검문만 거치고 저택 대문을 지날 수 있었다.

"제니퍼 씨가 도착했습니다."

노크와 함께 문이 열리고 한석이 걸어 들어와서 보고하자 성준은 읽고 있던 책을 덮으며 의자에서 일어났다.

"어디에 있어?"

"응접실입니다."

"수고했어."

수행원은 필요 없었다.

성준이 말하자 한석은 고개를 끄덕인 뒤, 다른 곳으로 발걸음을 옮겼다.

성준은 응접실로 이동했다.

문을 열고 들어가자 소파에 앉아 있던 제니퍼가 일어나며 고개를 살짝 숙였다.

"오랜만입니다. 강성준 씨."

"그렇게 오래되지는 않은 것 같네요."

성준은 미소를 지으며 대답했다. 불과 얼마 전까지 미국에서 제니퍼의 보좌를 받고 있었기 때문에 '오랜만'이라는 단어를 쓸 정도는 아니라고 생각했다.

그의 가벼운 농담에 제니퍼는 희미한 미소를 머금었다.

"연합 위원회의 일 때문입니까?"

성준이 먼저 질문을 던졌다. 제니퍼가 도착하기 전에도 생각했지만, 미국의 요원인 그녀가 지금 시기에 한국을 방문할 이유는 하나밖에 없다고 생각했다.

"정확합니다."

제니퍼가 고개를 끄덕이며 대답했다. 미국은 성준이 출국하기 무섭게 다른 국가들을 설득하기 위해 움직였다.

대통령 에이든의 예상대로 미국이 설득하지 못하는 나라는 거의 없었다. 미국은 연합 위원회를 만들기 위해 모든 방법을 동원했고 그 결과는 나쁘지 않았다. 소수를 제외한 전 세계 대부분의 국가가 미국의 뜻에 찬성하여 연합 위원회에 참여했다.

"연합 위원회의 창설 준비는 끝났습니다. 위원장이 정해지면 바로 창설될 예정입니다."

"위원장 후보는 누구입니까?"

성준은 질문을 던지긴 했지만 현 상황으로 볼 때 후보가 자신이라는 것은 너무나 뻔한 사실이었다.

"저희는 연합 위원장으로 강성준 씨를 생각하고 있습니다."

연합 위원회의 입장에서 다른 선택지는 없었다. 단순 무력으로만 보면 전 세계 유일의 SSS급 헌터인 레이아가 맡아야겠지만 성준과 달리 이계인을 찾아낼 수 있는 능력이 없었다. 현재로써는 이계 침공에 대응하기 위한 최적의 헌터는 성준밖에 없었다.

"승낙해 주신다면 절차를 진행하겠습니다."

"빠르네요."

"최근 레이드 상황의 발생이 잦아지고 있습니다. 저희들은 이것이 침공 계획의 가속화가 진행되고 있다고 생각하고 있습니다."

성준이 의외라는 투로 말하자 제니퍼가 차분하게 이유를 설명했다.

성준은 제국과 종족 연합의 동맹. 그리고 그들의 침공 계획에 관한 자세한 설명을 하지 않았지만, 미국에는 유능한 인재들이 많았다.

수집된 정보는 많지 않았지만 결론을 내릴 수 있었다.

"상황은 좋지 않습니다. 최대한 빨리 지구에 잠입한 '이계인'들을 제거해야 합니다. 다른 위원들도 같은 생각입니다."

미국은 그동안 수집한 정보들을 연합 위원회에 전달하여 이계에 대한 경각심을 키웠다. 덕분에 다른 위원들은 물론이고 타국들도 이계의 침공을 위협적으로 생각하게 되었다.

"위원장은 어떤 권한을 가지게 되는 겁니까?"

성준이 물었다. 가장 중요한 문제였다.

권한이 없고 의무만 있는 직위라면 그 자리를 맡을 이유가 없었다.

"위원회를 통해 합의되는 모든 안건에 개입할 수 있습니다. 사실상 말이 위원회지 위원장이 모든 권한을 가지고 있다고 보시면 됩니다. 그리고 대표적인 권한을 말씀드리자면 위원회에 가입된 국가의 군대와 경찰을 지휘할 수 있는 코드와 권한이 부여됩니다."

제니퍼는 잠시 말을 멈추고는 서류 1장을 꺼내서 훑어보았다. 성준이 질문할 것을 예상하고 위원장이 가지는 권한에 대해서 자세히 적어둔 서류였다.

그녀의 설명이 끝난 뒤, 성준은 만족스러운 표정으로 고개를 끄덕였다. 거절하기엔 조건이 너무 좋았다. 위원회에 가입된 국가의 군대와 경찰력을 동원할 수 있다는 것은 엄청난 특혜였다.

"다른 국가들이 정말 자국의 군대와 경찰력 동원을 승인한 겁니까?"

"승인할 수밖에 없는 상황을 만들었습니다."

제니퍼의 표정은 변함없었지만, 그것은 무서운 의미가 담긴 말이었다. 거부하는 국가가 있었다면 반강제적인 방법을 취했다는 게 되니까.

"위원장직을 받아들여 주시겠습니까?"

"연합 위원회의 위원장을 맡겠습니다."

성준은 흔쾌히 고개를 끄덕였다. 제국과 종족 연합을 죽일 때 다른 이들의 적극적인 지원을 받을 수 있게 된다는 것은 좋은 일이었다.

"감사합니다. 지금 즉시 절차를 진행하겠습니다. 늦어진다면 일주일 정도 소요될 가능성도 있습니다."

"그동안 한국에 체류할 예정입니까?"

"그렇습니다. 저희 쪽에서 따로 마련한 거점에서 지낼 예정입니다."

"괜찮다면 제 저택에서 지내겠습니까? 방도 많고 보안도 나쁘지 않을 겁니다."

제니퍼가 근처에 있으면 절차가 진행되는 과정을 알 수 있을 것 같아서 제안을 건넨 것이었다.

"그래도 되겠습니까?"

"아무래도 그게 제니퍼 씨도 편하지 않을까요?"

성준의 물음에 제니퍼는 희미한 미소를 머금은 채 고개를 끄덕였다.

제니퍼가 저택에서 지내는 며칠 동안 성준은 '차원 열쇠'에 마력을 충전하기 위해 A급 던전을 2회 솔플 공략했다.

공략이 끝나고 저택으로 돌아온 성준은 수혁과 함께 늦은 점심 식사를 끝내고 정원에서 휴식을 취했다.

"강성준 씨."

익숙한 목소리가 들리는 방향으로 고개를 돌리니 그곳에 제니퍼가 있었다.

"아버지. 저 잠깐만 다녀올게요."

"그래."

연합 위원회와 관련된 일이라는 것을 눈치챈 성준은 고용인을 불러 수혁의 말 상대를 부탁한 뒤, 제니퍼와 함께 밀실로 발걸음을 옮겼다. 연합 위원회는 수면 위로 드러나지 않은 기관이었기 때문에 보안이 중요했다.

"모든 절차가 끝났습니다. 이것을 받아주세요."

밀실에 들어가서 문을 닫기 무섭게 제니퍼가 말했다.

그녀는 품속에서 검은 가죽 케이스를 꺼내 열었다. 안에는 카드가 하나 꽂혀 있었다. 피처럼 붉은 바탕에 일련의 코드가 검은색으로 각인되어 있었다.

"이게 뭡니까?"

성준은 카드를 집어 들며 말했다.

"연합 위원장의 신분을 증명하는 보안 카드입니다. 이계 상황에서 최고 지휘권을 획득할 수 있는 코드가 각인되어 있습니다. 1회 사용될 때마다 무작위로 각인이 바뀝니다."

1회 사용될 때마다 바뀌는 각인은 마법계 헌터의 힘을 빌린 것 같았다.

"그러니까 이 코드를 사용하면 모든 이계 상황에서 제가 지휘권을 가지는 거네요? 한국의 레이드 상황에서도 사용 가능합니까?"

"대한민국도 위원회에 가입된 국가입니다. 보안 코드의 사용이 가능합니다."

제니퍼의 설명에 성준의 입가에 미소가 번졌다. 대한민국의 레이드 상황에서도 권한을 사용할 수 있다는 것은 큰 이점이었다.

"이제 절차는 끝난 겁니까?"

성준의 물음에 제니퍼는 고개를 끄덕이며 입을 열었다.

"연합 위원회는 존재부터가 극비입니다. 공식적인 임명식 같은 건 없습니다."

"그럼 저는 이제 연합 위원장이 된 거군요."

"그렇습니다. 위원장의 권한으로 현지의 위원들을 집결시킬 수도 있습니다. 이게와 관련된 일이라면 어떤 경우에도 강성준 씨의 명령이 우선됩니다. 저희 측에서도 따로 관여하지 않을 예정입니다."

"추가 위원의 임명도 가능한 겁니까?"

"고유 네트워크가 있습니다. 거기서 추가 위원의 임명 같은 위원장 고유의 업무를 진행하고 작전 지시를 내릴 수도 있습니다."

제니퍼가 설명했다. 그녀는 잠시 말을 멈추고 품속에서 또 다른 보안 카드를 꺼내서 성준에게 보여주었다.

"저 또한 이번에 위원으로 임명받았습니다. 당장 맡은 역할은 강성준 씨의 보좌관이지만 언제든지 보직을 바꿀 수 있습니다."

"일이 생각보다 많을 것 같군요."

성준은 솔직하게 말했다.

권한이 많은 것은 좋지만 전 세계적으로 벌어지는 모든 이게 상황의 대응을 지휘하는 것은 무리였다.

"위원장을 보좌할 수 있는 간부 위원의 임명이 가능합니다."

"지금 간부는 몇 명이나 있습니까?"

"한 명도 없습니다. 위원장의 고유 영역이기 때문에 건드리지 않았습니다."

제니퍼의 대답에 성준은 만족스러운 표정으로 고개를 끄덕였다.

미국이 하는 행동이 마음에 들었다. 성준의 심기를 거스르지 않으려고 노력하고 있는 게 느껴졌다.

"위원들의 수는 몇 명이나 됩니까?"

성준이 질문했다.

"200명 정도입니다. 위원회 창설에 찬성한 국가들에서 뛰어나고 보안이 유지될 수 있을 것이라 판단된 헌터들로 차출되었습니다."

"전부 한국으로 데려오세요. 얼굴부터 봐야겠습니다."

일단 그들이 이계인이 아닌지부터 확인해야만 했다.

전 세계에 200명이 넘는 연합 위원들을 모두 대한민국으로 소집하는 것은 쉬운 일이 아니었다. 하지만 불가능한 일도 아니었다.

"지금부터 작전명 '캐리어'를 실행한다."

미국은 군용 수송기와 민간 항공기를 동원하여 대한민국으로 연합 위원들을 집결시켰다. 일주일에 걸쳐서 연합 위원들이 대한민국의 서울로 모였다. 전 세계에 흩어져 있는 200명이 모이는 시간치고는 오래 걸리지 않은 편이었다.

그들은 경기도 수원 외곽에 위치한 지하에 모였다. 지하는 축구장만큼 넓었는데 과거 러시아 정보국의 대형 거점으로 사용되었던 곳이었지만 성준의 공격으로 인해 요원들은 모두 철수한 뒤였다.

"도착했습니다."

조수석에 탑승한 한석이 말했다. 운전석에 타고 있던 제니퍼가 먼저 내려서 뒷좌석의 문을 열어주었다.

"갑시다."

헌터 세단에서 내린 성준은 한석, 그리고 제니퍼와 함께 계단을 통해 지하로 내려갔다.

지하의 시설은 성준의 공격 이후, 러시아 요원들이 철수하면서 모두 회수되었기 때문에 이동식 임시 조명으로 어둠을 밝히고 있었다.

어둠을 밝히는 조명 아래로 200여 명의 연합 위원들이 줄지어 서 있었다.

"군기가 잘 잡혀 있네요."

성준이 말했다. 자유로운 헌터들의 세계에서는 보기 힘든 광경이었다.

"창설 초기에 연합 위원을 맡을 헌터 확보에 어려움이 있었습니다. 그래서 국가 기관에서 근무하는 이들로 구성될 수밖에 없었습니다."

제니퍼가 설명했다.

성준은 대답 대신 고개를 끄덕였다. 그들의 사정을 충분히 이해할 수 있었다.

헌터는 자유를 추구하는 이들이 대부분이었다. 국가 기관에서 근무하는 이들이 아니었다면 스카우트 제안을 거절했을 것이다.

보안이 필요한 일이었기 때문에 제안할 때도 많은 정보를 밝힐 수 없으니 연합 위원회는 헌터를 스카우트할 때 불리한 입장이었다.

하지만 긍정적으로 생각하면 국가 기관에 근무하는 이들이 일반 헌터들보다 그나마 통제하기 쉬운 것도 사실이었다.

"모두 집결한 겁니까?"

성준의 물음에 제니퍼는 고개를 저었다.

"3명이 불참했습니다."

"제명해야겠네요. 잠입한 이계인일 가능성도 있고 무엇보다 단순 집결 지시에도 안 따른다면 나중에 제대로 통제가 될지 확신할 수 없을 테니까요."

통제되지 않는 무기만큼이나 위험한 것은 없었다. 최고 기사였던 전생의 기억을 가지고 있는 성준은 부하들이 상관의 통제 및 지휘에 맞춰 행동하는 게 얼마나 중요한지 잘 알고 있었다.

"동의합니다. 하지만 저쪽에서 눈치챌 수도 있으니 바로 제명하는 것보다는 따로 인원을 보내는 게 좋을 것 같습니다."

"그 방법도 괜찮을 것 같네요."

제니퍼의 의견에 성준도 동의했다.

이윽고 성준은 200여 명의 연합 위원들 앞에 서게 되었다. 연설할 기회가 주어진 것이었다.

"이계와 관련된 문제에 대한 교육은 끝난 상태입니다."

연설이 시작되기 전, 제니퍼는 성준에게 연합 위원들에 대한 교육 내용을 전달했다.

성준은 그녀에게 고개를 끄덕여 보인 뒤, 연설을 시작했다. 이계에 대한 정보를 전달받은 뒤였고, 성준도 따로 연설을 준비하지 않았기 때문에 길게 끌지는 않았다.

-여기에는 없습니다.

연설이 끝났다. 짧은 박수를 받으며 내려온 성준의 곁에 리슈발트가 다가오며 보고했다. 곧 제니퍼도 성준의 곁으로 다가왔다.

"어떻습니까?"

"'여기에는' 없습니다."

성준은 리슈발트가 해준 말을 그대로 전달했다.

"알겠습니다. 불참한 3명을 확보할 인원을 보낼까요?"

제니퍼가 물었다.

"빨리 움직여야 할 겁니다. 이미 의심받고 있다는 것을 눈치 채고 도주를 시작했을지도 모릅니다."

"중앙헌터국에 연락해서 요원들을 보내겠습니다."

연합 위원들은 대한민국에 집결한 상태였기 때문에 전 세계적에 요원들을 배치한 중앙헌터국의 도움을 받는 게 좋을 것이다.

"집결한 연합 위원들은 해산시켜도 됩니다."

"알겠습니다."

성준의 지시에 제니퍼는 즉각 연합 위원들에게 해산 지시를 하달했다. 해산되는 과정도 집결할 때처럼 미국에서 책임지고 진행했다.

성준과 한석이 먼저 헌터 세단에 탑승했고 제니퍼는 지시 하달이 끝난 뒤, 합류했다.

"저택으로 돌아갈까요?"

제니퍼가 물었다. 최근 한국 발령이 결정되면서 그녀도 성준의 저택에 합류하게 되었다. 여러 상황을 고려하여 그녀는 저택의 본채에 머물게 되었다. 짧지 않은 시간을 같이 일하면서 신뢰 관계가 쌓였기 때문에 가능한 일이었다.

"그렇게 하죠."

성준이 고개를 끄덕이자 제니퍼는 운전대를 잡았다. 차량은 곧장 저택을 향해 이동했다.

한적한 도로에 진입하자 성준이 차분한 표정으로 입을 열었다.

"간부 위원을 정해야 할 것 같습니다."

고민해 보았지만 지구에 침투한 제국과 종족 연합의 위장 병력과 전면전이 벌어지면 혼자서 전 세계적인 규모의 작전을 지휘하는 것은 무리라고 생각되었다. 믿을 수 있는 '부관'들이 필요했다.

대표적으로 한석과 정철, 그리고 제로스가 있었다. 우선은 그들을 연합 위원으로 만드는 게 중요했다.

"제가 앞서 말했던 건 처리가 끝났습니까?"

"로드 길드원들의 연합 위원 등록과 관련된 문제라면 위원장 권한으로 합의 절차 없이 처리되었습니다."

제니퍼가 대답했다.

성준은 만족스러운 표정으로 고개를 끄덕였다.

"좋습니다. 저희 길드원들의 정보는 파악해 두었겠죠?"

"이름을 포함한 간단한 정보는 전달받았습니다."

"최한석과 박정철, 그리고 제로스를 연합 위원회의 간부 위원으로 임명하겠습니다."

세 사람은 성준이 신뢰할 수 있는 이들이었다.

한석은 '충성의 룬' 때문에 배신할 우려가 없었고 제로스는 제국에 대한 복수를 위해서 같은 길을 걷고 있었으며, 정철은 긴 시간을 같이 일하면서 신뢰 관계를 만들어두었다.

신철과 장훈도 믿을 수 있는 길드원들이었지만 간부 위원을 맡기엔 복합적인 일 처리 능력이 검증되지 않았다.

"위원장의 권한으로 처리하겠습니다. 내일이나 이틀 정도 뒤면 개인 보안 카드를 지급받을 수 있을 겁니다."

제니퍼의 예상대로 이틀 뒤, 연합 위원으로 임명된 길드원들에게 개인 보안 카드가 지급되었다. 한석과 정철, 그리고 제로스에게는 간부용 보안 카드가 지급되었다.

보안 카드 지급이 끝나고 제니퍼는 성준을 찾았다.

"강성준 씨. 집결에 응하지 않은 인원의 확보가 끝났습니다."

"어떻게 되었습니까?"

"2명은 체포했지만 1명은 체포 과정에서 자결했습니다. 체포한 2명은 이곳으로 이동 중입니다."

제니퍼가 보고했다.

중앙헌터국 요원들이 노력했지만 2명을 체포하는 것이 한계였다. 3명 중 2명을 생포한 것만 해도 큰 성과였다. 자결한 1명은 노블 오더 소속일 확률이 높았다.

"2명이 같은 국가 출신이라서 이송에 어려움이 없습니다. 내일이면 도착할 것 같습니다."

⸸

다음날 중앙헌터국 요원들은 포박된 연합 위원 2명을 성준의 앞에 데려다 놓았다.

두 사람은 절망한 표정으로 성준과 눈을 마주치지 않으려고 했다.

그 모습을 보는 성준의 입가에 미소가 번졌다. 그들은 이계인 구별을 위해서 눈을 마주쳐야 한다고 생각한 모양이었지만 유감스럽게도 전혀 관계가 없었다.

-2명 모두 이계인입니다.

리슈발트가 보고했다.

"2명 다 이계인이야. 어떻게 하면 좋을까?"

성준의 시선이 제로스에게 향했다.

"제로스. 좋은 생각 있어?"

"'샘플'로 이용하는 게 어떻겠습니까?"

제로스가 제안했다.

그는 제국이나 종족 연합과 관련된 일에는 동행했다.

"샘플?"

성준이 되물었다. 그는 제로스의 말하는 '샘플'의 의미를 바로 이해하지 못했다.

하지만 곧 마도학자들이 말하는 '샘플'이 무엇을 의미하는 것인지 떠올릴 수 있었다. 마도학자가 말하는 '샘플'은 곧 '생체 실험 대상'을 의미했다.

"대한민국에서는 마도학자들의 은어로 말하는 '샘플'로 쓰기 힘들 거야."

"은밀하게 진행하면 됩니다. 들키지만 않으면 상관없지 않겠습니까?"

제국에 대한 제로스의 원한이 얼마나 깊은지 알 수 있는 대화였다. 성준도 제국에 대한 원념이 깊었기 때문에 반대할 생각은 없었다.

"그리고 샘플이 있는 편이 좋습니다. 강성준 경의 몸은 하나입니다. 전 세계인을 색출해야 하기 위해서는 이계의 마력을 구별할 수 있는 탐지기나 술식의 개발이 필요합니다."

틀린 말은 아니었다. 성준은 고개를 끄덕이며 입을 열었다.

"샘플의 사용은 허락할게. 그런데 공방에 2명을 가둬놓을 수 있는 공간이 있었나?"

"이런 상황이 언젠가는 찾아올 것이라고 생각했습니다. 그래서 감옥을 만들어두었죠."

"철저하네……."

성준은 제로스의 준비성에 감탄할 수밖에 없었다. 제로스의 제국에 대한 원한은 성준이 봐도 놀랄 정도로 깊었다.

"탐지기 개발과 관련된 문제는 모두 맡길게."

"어떤 방법을 써도 상관없는 것이겠지요?"

"상관하지 않을 거니까 만들기나 해."

"알겠습니다."

성준의 대답에 제로스는 잔혹한 웃음을 흘렸다. 동원하는 방법에 상관이 없다면 제로스는 정말 모든 수단과 방법을 가리지 않을 것이다. 그것이 마도학자였다.

"감사합니다."

제로스는 한 차례 고개를 숙이는 것으로 감사를 표했다.

"제니퍼 씨. 이제부터는 로드 길드에서 처리하겠습니다."

"알겠습니다."

제니퍼는 두 손을 들어 올리는 것으로 더 이상 관여하지 않겠다는 의사를 분명하게 전달했다.

"저는 뒤처리를 하겠습니다."

"먼저 이동하겠습니다."

처리할 일이 남은 것인지 제니퍼는 차에 탑승하지 않았다. 성준은 제로스와 한석, 그리고 2명의 실험체를 태운 승합차를 타고 저택으로 향했다.

저택에 돌아온 성준은 제로스, 그리고 한석과 함께 지하의 공방으로 내려갔다. '실험체' 2명은 당연히 함께였다.

그들은 어둡고 차가운 분위기의 계단을 내려가 도착한 공방의 앞에서 몸을 살짝 떨었다.

죽음보다 더한 고통이 함께할 것이라는 사실을 본능적으로 감지한 모양이었다. 지금이라도 늦지 않았으니 자결하고 싶은 생각이 들었지만, 그것을 막기 위한 의지 약화 마법이 걸려 있었기 때문에 쉬운 일이 아니었다.

"제 공방에 오신 것을 환영합니다."

제로스는 공방의 문을 열며 실험체들을 향해 미소를 보냈다. 그는 밝고 환하게 웃고 있었지만 실험체들에게는 공포스러운 악마와도 같았다.

"최한석. 공방 입구를 지켜. 아무도 못 들어오게 해."

성준은 한석에게 지시를 내렸다. 평소에도 제로스의 공방에 찾아오는 '손님'은 없었지만, 주의해서 나쁠 것은 없었다.

"알겠습니다."

한석을 공방의 문 앞에 세워둔 성준은 그제야 안심하고 안으로 들어갔다.

공방은 넓어서 성준이 몇 번이나 찾아오면서도 미처 보지 못한 공간들도 많았는데, 그중에 하나인 고문실을 오늘에서야 보게 되었다.

"맙소사."

넓은 벽면 가득 걸려 있는 고문 기구들의 모습에 성준은 고개를 저을 수밖에 없었다. 그날 제로스는 방치되어 있던 고문 기구들을 기쁜 마음으로 사용했다고 한다.

5장
사냥개를 쳐라!

"최종 절차가 끝났습니다."

서국 신약개발연구소의 소장을 맡고 있는 주성은의 보고였다. 그녀는 이 기쁜 소식을 전하기 위해 성준의 저택까지 직접 찾아왔다.

"그럼 이제 아버지한테 투약할 수 있는 겁니까?"

성준의 물음에 성은은 고개를 끄덕이며 입을 열었다.

"투약할 수는 있겠지만 완치까지는 시간이 걸릴 겁니다."

성은이 대답했다. 지금 당장 투약하더라도 완전히 회복하려면 시간이 걸릴 수밖에 없었다.

"아…… 그렇습니까?"

"의료팀에 전달해 두었습니다. 강수혁 씨의 몸 상태를 보고

며칠 안에 투약이 시작될 거예요."

성은은 치료약 개발 때문에 수혁의 몸 상태를 누구보다 잘 알고 있어야만 했다. 그래서 성준은 그녀에게 전담 의료팀의 연락처를 알려주었던 기억이 있었다.

"별일 없었으면 좋겠네요."

성준이 말했다. 그는 의학에 대한 지식이 거의 없었기 때문에 영화나 드라마, 그리고 인터넷 등에서 봤던 약물 부작용에 관련된 사례들이 생각나서 걱정되었다.

"최종 검사를 꼼꼼하게 했으니까 괜찮을 겁니다."

서국 신약개발연구소에서 만든 혈액암 치료제는 수혁을 위한 것이기 때문에 그의 몸 상태를 24시간 체크한 것을 보고 받으면서 만들었다. 그래서 부작용이 발생할 확률은 극히 적었다.

"믿겠습니다."

성준은 연구소장을 맡은 그녀를 향해 신뢰의 눈빛을 보냈다.

그로부터 3일 후, 1월 말이 되었을 때 서국 신약개발연구소에서 만든 치료제가 수혁에게 투약되기 시작했고 성준은 이계인 사냥을 위해 움직였다.

"이계 마력을 탐지하는 기기를 개발하기 위해서는 조금 더 많은 '샘플'이 필요합니다."

제로스가 한 말이었다. 그는 개인적인 복수를 위해서가 아니라 탐지기의 연구 및 개발 목적으로 더 많은 이계인 '샘플'을 필요로 했다.

성준이 처음 청소를 시작한 국가는 대한민국이었다. 그가 접촉하지 못한 고위층 인사가 없지 않았기 때문에 제국이나 종족 연합의 침투를 의심해 볼 수 있었다.

성준은 청소를 시작하기에 앞서 대통령의 도움을 받아 고위층들이 모이는 자리에 다시 한번 참석했다.

그리고 국회의원 3명이 이계인이라는 것을 확인하고는 CIA에 연락해서 증거 수집을 부탁했다.

"걱정 마십시오. 오래 걸리지 않을 겁니다."

연락을 받은 CIA 요원은 자신감 넘치는 목소리로 대답했다. 이계인이라는 사실을 증명할 수 없었기에 CIA에서 뭔가 꼬투리를 잡아야만 했다.

제국과 종족 연합에서 침투시킨 인원들은 모든 흔적을 철저하게 지웠을 것이라 생각하고 있었지만, CIA가 마음만 먹고 표적 조사를 한다면 찾아내지 못할 것은 없었다.

"강성준 씨. CIA에서 사람이 왔습니다."

며칠 뒤, 제니퍼가 찾아와 보고했다. 철저한 보안을 유지하기 위해 직접 찾아온 것 같았다.

"밀실로 데려오세요."

"알겠습니다."

성준은 제니퍼의 대답을 듣기 무섭게 먼저 밀실로 이동해서 CIA 요원을 기다렸다. 곧 문이 열리며 제니퍼와 CIA 요원으로 보이는 남자와 함께 걸어 들어왔다.

성준가 제니퍼가 먼저 의자에 앉자 CIA 요원은 자신에 대해서 간단하게 소개를 끝내고는 뒤늦게 성준과 제니퍼의 앞에 앉았다.

"CIA의 모든 정보력을 동원하여 3명의 이계인 의심자를 조사했습니다."

요원은 잠시 말을 멈췄다. 그리고 들고 온 서류 가방에서 보고서 몇 장을 꺼내 탁자 위에 올려놓았다.

"이계인 의심자 3명이 '무명'이라는 소형 길드와 접촉해 온 정황이 발견되었습니다."

한국에서 활동하는 요원인 것인지 한국어가 유창했다.

"무명이요?"

성준이 되물었다. 들어본 적 없는 길드 이름이었다. 적어도 최상위 30위권의 길드는 아닌 것 같았다.

"예. 하위권 길드라서 아마 모르실 겁니다. 이계인 의심자가 3명이나 접촉한 정황이 포착되어서 저희 쪽에서는 조사를 시작했습니다. 그리고 그 결과 이계와 관련된 증거를 몇 개 찾아낼 수 있었습니다. 제가 설명하는 것보다 보고서를 읽어보는 게 빠를 겁니다."

요원의 말에 성준은 대답 대신 보고서를 읽었다. 증거가 많지는 않았지만 3명을 이계인 의심에서 확정으로 결론짓고 증명하기에는 충분한 양이었다.

"은폐 공작이 심해서 더 이상의 정보를 수집하는 것은 무리였습니다. 죄송합니다."

"아닙니다. 이 정도면 충분합니다."

성준은 고개를 끄덕인 뒤, 보고서를 잘 정리하여 밀실의 금고 안에 넣어 두었다. 연합 위원회는 먼저 조치한 뒤에 보고하는 체계였기 때문에 지금 당장은 필요 없었다.

"가셔도 됩니다."

"그럼 저는 이만 물러나겠습니다."

CIA 요원이 떠나고 밀실에는 성준과 제니퍼만 남게 되었다.

"로드 길드를 제외하고 지금 당장 동원할 수 있는 연합 위원은 몇 명이나 됩니까?"

보고서에는 대한민국의 이계인 의심자 3명과 연관되어 있는 무명 길드는 신고된 것보다 많은 전투 인원을 보유하고 있다고 적혀 있었다.

그들과 교전 상황이 발생할 수도 있기에 로드 길드 외에도 동원할 수 있는 전력이 필요했다. 성준은 대한민국의 연합 위원들을 움직일 생각을 하고 있었다.

"9명입니다."

"전력의 수준은?"

"S급이 1명에 A급 8명입니다."

S급 헌터는 많지 않았기 때문에 크게 기대하지 않았다. 그래도 1명이라도 있어서 다행이었다. 로드 길드의 한석까지 합류하면 S급 전력은 2명이 된다.

"S급 헌터는 나준열이 맞습니까?"

성준이 물었다.

얼마 전에 대한민국에 연합 위원들이 집결했을 때 성준이 그 자리에 있었다. 200명이 넘는 인원이 모여서 자세히 보지는 못했지만 스치듯 준열의 모습을 본 것 같기도 했다.

"나준열이 맞습니다."

제니퍼의 대답에 성준은 만족스러운 표정으로 고개를 끄덕였다.

준열의 실력은 S급 헌터들 중에서도 상위권이었다. 그는 큰 도움이 될 것이었다.

"나준열이라면 작전이 그나마 수월해지겠네요."

"그럴 수도 있겠지만 문제는 무명 길드의 존재입니다. CIA에서도 그들의 전력이 어느 정도인지 정확하게 파악하지 못했습니다."

CIA에서 알아낸 정보는 무명 길드의 전력은 국가에 신고된 것보다 훨씬 규모가 크다는 것 정도에 불과했다. 정보 은폐가 너무나 완벽했기 때문에 더 이상 자세하게 파악하는 것은 불가능했다.

"이 문제는 이계와 관련된 겁니다. 대한민국의 병력을 동원할 생각입니다."

성준은 단호한 얼굴로 말했다.

연합 위원장은 이계와 관련된 문제라면 해당 국가의 병력을 움직일 수 있다는 강력한 권한을 가지고 있었다. 성준은 이번에 처음으로 그 권한을 사용할 생각이었다.

"한국군을 동원할 생각이십니까?"

"아니요. 더 적절한 병력이 있습니다."

제니퍼의 물음에 성준은 고개를 저으며 대답했다.

"여쭤봐도 되겠습니까?"

조심스럽게 질문을 던지는 제니퍼를 보며 성준은 차분한 표정으로 입을 열었다.

"한국의 무장 정보기관인 '백호'의 병력을 동원할 생각입니다."

군대는 은밀하게 움직인다고 해도 그 행동이 커서 다수에게 노출될 수밖에 없었다. 하지만 무장 정보기관인 백호의 병력은 표적이 있는 장소까지 조용히 이동할 수 있다. 게다가 S급 헌터이며 연합 위원인 준열이 수장으로 있기 때문에 지휘 계통의 혼란이 최소화될 것이다.

"백호에 대해서는 알고 있습니다. 하지만 충분할까요? 백호의 무력은 강성준 씨가 생각하는 것처럼 좋지 않습니다."

CIA와 중앙헌터국은 '백호'의 존재는 물론이고 그들에 대한 상세 정보까지 알고 있었다. 그렇기에 제니퍼는 우려를 표하지 않을 수가 없었다.

"하지만 은밀하게 움직이기에는 최적입니다. 백호에서 포위망을 형성하고 도망치는 사람들만 잡아준다면 나머지는 제가 모두 쓸어버리겠습니다."

성준의 목소리에서 강한 자신감이 묻어났기 때문에 제니퍼는 더는 아무런 말도 하지 못했다.

회복계이지만 전투계에 가까운 SS급 헌터인 성준의 무력을 그녀가 모를 리 없었다.

"또 다른 의견은 없습니까?"

성준은 압박하듯 물었다. 동조율이 높아지면서 자신도 모르게 최고 기사 시절의 버릇이 나오고 말았던 것이었다.

상급자의 압박에 제니퍼는 긴장한 표정으로 고개를 저었다.

"어, 없습니다."

"그러면 나준열 위원에게 연락을 명령서를 보내주시겠습니까? 자세한 일정을 잡는 게 좋을 것 같습니다."

"즉시 연락을 취하겠습니다."

제니퍼는 즉각 준열에게 연락을 취했다.

다음 날 준열이 은밀하게 저택을 방문했다. 그는 성준을 제외한 그 누구와도 접촉하지 않고 밀실까지 이동했다. 밀실에서는 성준이 그를 기다리고 있었다.

"접니다."

문이 열리고 준열이 밀실 안으로 걸어 들어왔다. 커피를 마시며 그를 기다리고 있던 성준이 고개를 들었다.

"빨리 오셨네요."

시계를 확인해 보니 약속 시간까지 30분 정도 남아 있었다. 준열은 미소를 지으며 성준의 앞으로 다가왔다.

"적당히 일찍 다니는 건 좋은 습관이라고 생각합니다."

"저도 그렇게 생각합니다."

준열이 의자에 앉으며 말했고 성준도 고개를 끄덕였다. 준열은 습관처럼 주변을 한 차례 살핀 뒤, 품속에서 서류 1장을 꺼내서 성준의 앞에 올려놓았다.

"이번에 CIA에서 추가 정보를 발견하고 제 쪽으로 전달해 주었습니다."

원래대로라면 제니퍼가 전달받았겠지만 무장 정보기관 '백호'가 정면에 나서면서 그들의 수장인 준열에게 먼저 전달하는 게 더 효율적이라고 판단한 모양이었다.

성준의 입장에서는 어차피 자신에게 정보가 전달된다는 사실은 변하지 않기 때문에 순서는 상관없었다.

"읽어보면 아시겠지만, 비정기 집회 일정입니다. 이번 주 주말이니까 바로 이틀 후입니다."

성준은 서류를 집어 들고는 빠르게 훑었다. 준열의 말대로 그들의 비정기 집회 일정이 얼마 남지 않았다는 것을 확인할 수 있었다.

"3명이 전부 모이는 겁니까?"

"확신할 수는 없지만 그럴 가능성이 큽니다."

준열의 대답은 성준의 입가에 미소가 번지게 만들었다. 3명이 전부 모인다면 굳이 병력을 분산할 필요도 없었다. 이번만큼 좋은 기회는 없었다.

"적의 호위병력은 예상 가능합니까?"

성준이 물었다. 적의 집결 병력을 예측하는 것 또한 정보기관의 역할이었다. 하지만 그의 기대와는 달리 준열은 어두운 표정으로 고개를 저었다.

"죄송합니다. 그건 저희 쪽은 물론이고 CIA에서도 예측하지 못했습니다."

"이렇게 된 이상 백호에서는 동원 가능한 전 병력을 움직여야 할 겁니다."

"알겠습니다."

CIA에서도 알아내지 못한 정보를 백호에서 확보했을 리가 없었다. 성준은 대신 움직일 수 있는 모든 병력의 동원을 약속받았다.

그리고 마침내 결행의 밤이 찾아왔다.

"강성준 씨!"

현장에 도착한 성준에게 CIA 요원이 달려왔다.

"적의 병력을 보고 드립니다. 중앙의 건물을 포함해 4개의 건물에 90명의 병력이 배치되어 있습니다. 우리 측 마법계 헌터의 확인에 따르면 절반 이상이 B급 이상의 헌터이며 4명은 S급이라고 합니다. 작전 전개에 주의가 필요할 것 같습니다."

"상관없습니다."

"네……?"

요원은 성준의 말을 바로 이해하지 못했다. 그가 되묻자 성준은 싸늘한 미소를 머금은 채 입을 열었다.

"포위망 유지만 잘하면 여기서 살아 나갈 적은 없을 겁니다."

대한민국의 이계인 의심자 3명이 집회 장소로 고른 곳은 인천 외곽의 뒷골목 상가였다. 3층에서 5층 정도의 건물 4개에 둘러싸인 중앙의 건물이 바로 CIA에서 파악한 집회 장소였다.

건물 4개가 마치 보초탑 같은 역할을 하고 있기 때문에 침투가 쉽지 않은 구조였다.

"일반인은?"

성준은 복수를 위해 움직이고는 있었지만, 일반인의 피해가 생기는 것은 가능하면 피하고 싶었다. 물론 불가피하다면 어쩔 수 없지만.

"놈들이 장악한 모든 건물에서 민간인은 없는 걸로 파악되었습니다. 보안을 위해서 전부 내보낸 것 같습니다."

성준의 물음에 요원은 만족스러운 대답을 꺼내놓았다.

"제가 침투하는 것을 신호로 공격을 개시합니다."

임시로 마련된 지휘통제실에 도착한 성준이 선언하듯 말했다.

먼저 도착해 있던 지휘관들은 힘차게 대답했다.

그 모습을 본 제니퍼는 속으로 감탄했다.

'처음부터 지휘관이었던 것처럼 자연스러워…… 이게 자질이라는 건가?'

전생에 최고 기사 출신으로 수많은 부하들을 휘하에 두고 통솔했던 성준에게는 자연스러운 일이었지만 제니퍼는 알 길이 없었다.

"팀을 4개로 나누겠습니다. 각 팀은 제가 본 건물에 진입하면 동서남북에 위치한 4개의 보초 건물을 집중 공격하세요."

성준은 말을 마치며 4명의 팀장을 임명했다. 1팀은 한석이 맡았고 2팀은 준열이, 그리고 3팀은 제로스가 맡았으며 마지막으로 4팀은 정철이 맡았다.

준열을 제외하면 모두 성준의 최측근들이었다.

"공격 시작 전에 질문 있습니까?"

"공격 강도는 어느 정도로 합니까?"

질문을 한 사람은 성준의 모든 것을 신뢰하는 한석과 제로스, 그리고 정철과 달리 최측근이 아닌 준열이었다.

공격 강도를 묻는 걸로 보아 재산 피해를 우려하고 있는 것일지도 모른다고 성준은 생각했다.

"모든 공격 수단을 동원해서 4개 건물을 무력화시키세요. 건물 파괴는 걱정하지 않으셔도 됩니다. 연합 위원회 차원에서 후속 조치를 할 겁니다."

"후속 조치가 있다면 걱정은 없겠군요. 알겠습니다."

성준의 대답에 준열은 안심한 얼굴로 고개를 끄덕였다. 올곧은 성격의 헌터답게 재산 피해를 걱정하고 있었던 모양이었다.

"각 팀 위치로."

10분 만에 각 팀이 지정된 위치로 이동했다.

성준의 곁에서 상황을 총괄 담당하고 있던 제니퍼가 수신호를 보냈다. 성준은 말없이 지휘통제실을 나와 본 건물로 향했다.

검은 반지 형태를 유지하고 있었기 때문에 겉으로 보기에는 무기를 들고 있지 않았다.

하지만 아이템이 분명한 의복을 착용한 채 접근하는 성준의 모습에 수상한 낌새를 느낀 경비원들이 성준의 앞을 막아섰다.

"여기는 통제 구역이다."

"무슨 이유로?"

"알 거 없고, 죽기 싫으면 꺼져."

경비원 한 명이 위협적인 태도를 보이며 성준을 밀치기 위해 손을 들어 올렸다. 그 순간이었다.

툭.

바람을 가르는 소리와 함께 뭔가가 바닥에 떨어졌다. 붉은 핏줄기가 분수처럼 솟구치고 끔찍한 고통이 찾아온 뒤에서야 경비원은 자신의 오른팔이 잘려서 떨어졌다는 것을 깨달았다.

"끄아아악!"

"변형!"

팔이 잘린 경비원이 황급히 뒤로 물러났다. 옆에서 상황을 지켜보고 있던 다른 경비원이 끼고 있던 반지를 검으로 변형시키며 성준에게 달려들었다.

"변형."

성준도 단검을 집어 넣고 오랜 세월을 함께한 '검', 로엘을 변형시킨 뒤, 들어 올렸다.

-제국의 검술 자세입니다. 그것도 특무군 유령 부대 쪽입니다.

리슈발트가 보고했다.

이곳의 경비 병력은 대부분 무명 길드에서 차출되었다고 보고되어 있었다.

성준의 예상대로 무명 길드를 이루고 있는 구성원은 제국 특무군 소속인 것 같았다.

"컥······?"

휘둘러진 검이 경비원의 목을 쳤다. 머리를 잃은 몸이 힘없이 쓰러졌다.

성준은 팔을 잃은 경비원에게 다가가 검을 찔렀다. 목이 꿰뚫렸다.

시체가 하나 더 늘어났다.

"공격 개시!"

지휘통제실에서 명령이 전달되었다. 원래대로라면 성준이 경비원들을 벤 순간 공격 명령이 전달되었어야 했는데 그의 움직임이 너무나 빨라서 지휘통제실에 있던 제니퍼가 정확한 타이밍에 명령을 전달하지 못했다.

결국 성준이 경비원 2명의 숨통을 완전히 끊어놓은 뒤에서야 대기하고 있던 병력이 4개의 보초 건물을 향해 공격을 시작했다.

"전 방위에 화력 지원을 전개한다!"

제니퍼의 목소리가 지휘통제실에 울려 퍼졌다. 각 보초 건물을 향해 박격포가 불을 뿜고 로케탄이 쏟아졌다.

비밀리에 거치한 기관총이 쉬지 않고 총탄을 토해냈다. 가장 강력한 공격이 가해진 남쪽 건물은 성준이 본 건물에 진입한 순간 무너져 버렸다.

콰아아앙!

-남쪽 건물이 무너진 모양입니다.

요란한 소음이 들려왔다. 리슈발트는 영혼 특유의 움직임을 이용해 벽을 통과하여 건물이 무너지는 모습을 확인하고는 돌아와서 성준에게 보고했다.

"아무래도 지하에 있겠지?"

-저 또한 그렇게 생각합니다.

경비원들이 몰려오는 짧은 시간 동안 성준은 리슈발트와 의견을 교환했다.

CIA와 중앙헌터국, 그리고 백호에서는 집회에 사용될 건물은 파악했지만 몇 층에서 진행되는지는 파악하지 못했다.

"리슈발트. 지상 5층까지 정찰을 부탁한다."

-주군께서는 지하를 맡을 생각이십니까?

"그래. 지상을 부탁한다."

-맡겨주십시오.

성준은 리슈발트와 흩어지기로 했다.

리슈발트는 마력 간섭이 심한 곳만 아니면 성준과 떨어져서 행동하는 게 가능했다.

리슈발트가 먼저 멀어지자 성준은 지하로 내려가는 계단을 찾기 위해 움직였다.

본래 상가 건물이었기 때문에 지하 계단이 어디에 있는지 적혀 있는 안내판이 눈에 띄는 곳에 있었다.

"침입자다!"

"쳐라!"

계단으로 향하는 길을 10명의 경비원이 막아섰지만.

"커헉!"

"끄아악!"

성준이 검을 휘둘렀다는 사실을 인식조차 하지 못한 채 피를 쏟으며 쓰러졌다.

성준은 솟구치는 핏줄기를 살짝 피하며 계단을 따라 지하로 내려갔다. 고속 이동술까지 펼쳐서 순식간에 지하에 도달한 그를 향해 총탄 세례가 쏟아졌다.

"전탄 쏟아부어!"

"멈추지 마!"

SS급 헌터에게 조준 사격을 하는 것은 불가능했다. 그래서 그들은 무차별적인 총격으로 화망을 형성하여 수비 태세를 굳힐 생각이었다. 넓은 복도 전체를 가득 채울 정도로 총탄이 빗발쳤다.

"앱솔루트 실드."

무색의 방어막이 빗발치는 총탄으로부터 성준을 보호했다.

"총탄이 먹히지 않습니다!"

"로켓탄과 공격 마법으로 대응한다!"

"마법사!"

로켓탄이 발사되고 공격 마법이 시전되었지만 '정의로운 방패'는 부동의 요새처럼 성준을 지키는 방벽을 유지했다.

"소용없어! 저건 대마법이다!"

누군가 외쳤다.

성준은 입꼬리를 끌어 올렸다.

20초 정도 지나자 총격이 약해졌다. 성준은 그틈을 놓치지 않고 방어막을 해제한 뒤, 오러 참격을 연이어 2번 날려 보냈다.

경비원들이 황급히 엄폐물 뒤에 숨고 마법사가 방어 마법을 전개했지만 소용없었다. 오러를 머금은 참격은 엄폐물과 방어 마법을 절단하면서 경비원들의 상체와 하체도 함께 잘라냈다.

"마, 막아!"

"특무군의 이름을 걸고 반드시 저지해야 한다!"

복도를 지나서 쓰러진 경비원들의 시체를 넘었다. 넓은 방에 들어서자 날카로운 외침과 함께 2명의 경비원이 성준의 앞을 막아섰다.

'최소 일등 살수다.'

일등 살수는 S급 상위 티어로 분류되는 실력자다. 그것도 2명이나 있으니 준비 운동 정도는 될 것이라고 성준은 생각했다.

그의 입꼬리가 슬쩍 올라간 순간…… 일등 살수 2명이 살아남은 마법사의 마법 지원을 받으며 공격에 나섰다. 라이트닝 스피어가 하단을 노렸고 일등 살수 2명이 좌우에서 성준의 상체를 노렸다.

"의미 없어."

짧은 한마디가 끝나기도 전에 피분수가 솟구쳤다.

"큭!"

일등 살수 1명이 가슴 쪽을 부여잡은 채 뒤로 물러났고 다른 1명은 비틀거리다가 힘없이 쓰러졌다. 쓰러진 일등 살수의 목 부근에서 붉은 피가 폭포처럼 쏟아져 나왔다.

"가속."

"커헉!"

날아간 단검이 마법사의 목에 꽂혔다. 경비원들을 모두 정리한 성준의 시선이 향한 곳에는 이계인 의심자 3명이 모여 있었다.

"너…… 우리가 누군지 알고 이러는 거냐?"

그들 중 한 명이 말했다.

국회의원이라는 직위를 내세워서 상황을 회피해 보려는 속셈인 듯 싶었지만 성준에게 통할 리가 없었다.

-자결할 생각은 없는 것 같습니다. 이계인은 확실하지만 노블 오더는 아니군요.

어느새 정찰을 끝내고 다가온 리슈발트가 그들이 이계인이라는 사실을 확인했다.

모든 제국군이 포로로 잡히기 전에 자결을 하는 것은 아니었다. 그런 면에서는 노블 오더가 특별했다.

"재미없는 코스프레는 그만하자."

성준이 차갑게 내뱉었다.

"무슨 말을 하는지 모르겠군."

"우리한테 이러고 아무 일도 없을 거라고 생각해?"

기고만장한 태도에 성준은 한숨을 내뱉었다. 그리고 그들을 향해 검을 겨누며 입을 열었다.

"제국 특무군은 침묵 훈련을 어느 정도까지 받는지 기억이 나지 않네."

성준의 말에 이계인 의심자 3명은 쉽게 대답할 수 없었다. 침묵 훈련이라는 것은 고문을 참는 훈련을 말한다.

성준이 그 이야기를 꺼내는 이유가 이제부터 신나게 고문을 할 것이라는 의미로 해석했기에 입을 열지 못한 것이었다.

"지금부터 얼마나 버티는지 실험해 볼 생각이야."

불행하게도 그들의 예상은 적중했다.

성준은 한 줄기의 섬광처럼 움직여 순식간에 이계인 의심자 3명을 기절시켰다. 반항조차 못 하고 쓰러진 3명을 내려다보는 성준의 입가에 차가운 미소가 번졌다.

그는 사제복의 안주머니에서 소형 무전기를 꺼내 입가로 가져갔다.

"끝났습니다. 회수팀 보내주세요."

첫 번째 사냥이 끝나고 성준이 확보한 이계인 3명은 '샘플'로 제로스에게 넘어갔다. 그들 외에도 성준의 공격에서 살아남은 경비원 13명이 '샘플'이 되었다. 그는 성준에게 모든 권한을 부여받고 '연구'와 '실험'을 시작했다.

13명이나 넘겼으니 좋은 결과가 있을 것이라고 기대했다.

그리고 2월이 찾아왔을 때, 공방에 틀어박혀 연구만 계속하던 제로스가 성준이 있는 서재로 올라왔다.

"좀 어때?"

성준이 물었다.

"맛있는 걸 먹고 싶군요."

며칠간 제로스는 식사 시간에도 모습을 드러내지 않았다.

공방에 있는 보존식으로 간단하게 해결한 것 같았다. 제대로 된 식사가 그리웠을 것이다.

"탐지기 개발 상황은?"

"강성준 경께서 샘플을 충분히 확보해 준 덕분에 이론이 완성되었습니다. 이제 제작만 하면 됩니다."

"아주 좋아."

성준의 입가에 만족스러운 미소가 번졌다. 그가 고개를 끄덕이며 제로스를 칭찬하려는 순간이었다.

벨소리가 울렸다. 스마트폰을 꺼내보았더니 전화를 건 사람은 현성이었다.

'무슨 일이지?'

오랜만에 전화를 걸어 왔기 때문에 무슨 일이 있나 싶어서 걱정되었다.

통화 버튼을 누르고 스마트폰을 귓가로 가져가기 무섭게 다급한 목소리가 들려온다.

"서울에 레이드 상황이 발생할 것 같습니다! 지금 바로 와주셔야겠습니다!"

6장
성혈 기사단의 습격

　전화로 이야기할 시간이 없을 정도로 다급한 상황인지 현성은 자세한 내용을 설명하지 않았다.

　성준은 즉시 한석과 함께 차를 타고 관리국으로 향했다. 현성의 소속은 헌터 관리국이었지만 호출을 부탁한 곳은 레이드를 담당하는 던전 관리국이었다.

　성준이 도착했을 때는 대부분의 S급 헌터들이 호출을 받고 집결한 뒤였다.

　"강성준 씨! 여기입니다!"

　현성이 1층에서 기다리고 있었다. 성준은 그와 합류해서 건물 지하에 있는 레이드 상황실로 발걸음을 옮겼다.

　레이드 상황실은 꽤 넓었는데, S급 헌터들과 관리국, 그리고 군부와 무장경찰국의 간부들이 모여 있어서 좁게 느껴질 정도였다.

"상황이 많이 심각한가 봅니다?"

"대충은 아시겠지만, 레이드 상황은 규모가 클수록 사전에 예측하기 쉽습니다. 차원 균열이 미리 열리기 때문이죠."

현성의 설명에 성준은 고개를 끄덕였다.

언젠가 들은 적이 있었다. 레이드 규모가 크면 파주의 경우처럼 일정 시간 전에 차원 균열이 열리는 일도 있다고 했다.

그런 경우 관측이 가능하기 때문에 미리 대응할 수 있다.

"레이드 규모가 클수록 더 일찍 관측할 수 있습니다. 보통은 30분에서 4시간 정도가 일반적이지요."

현성은 잠시 말을 멈추고 안경을 닦았다. 성준은 그에게 집중했다. 짧은 침묵이 끝나고 그가 다시 입을 열었다.

"이번에는 24시간 전에 관측되었습니다. 상황이 심각합니다."

2시간 전에만 관측되어도 규모가 큰 레이드로 평가받는 정도였다.

"상황이 얼마나 심각한 겁니까?"

"레이드 상황이 24시간 전에 관측된 것은 세계 역사상 최초입니다."

"판정 등급은 어떻게 됩니까?"

"SS급입니다. 하지만 거점이 되는 차원 관문만 17개가 열릴 것으로 보입니다."

거점 차원 관문을 파괴해야만 마물들이 역소환되면서 레이드 상황이 종료된다. 보통은 1번의 레이드 상황에서 1개의 거점 차원 관문이 열리는 게 보통이지만 규모가 큰 경우 여러 개가 열리기도 했다.

하지만 이번 경우는 조금 심한 편이었다.

"서울이 불바다가 되겠군요."

"초기 대응을 조금이라도 잘못하면 순식간에 수도권이 날아갈 겁니다."

현성은 말을 멈추고 시계를 확인했다.

"30분 정도 있다가 여기서 브리핑이 진행될 겁니다."

현성의 말에 성준은 고개를 끄덕였다. 의자에 앉아서 기다리고 있으니 각 기관의 고위층 인사들이 추가로 합류했다.

넓은 레이드 상황실이 사람들로 꽉 차게 되자 성준이 차분한 표정으로 입을 열었다.

"다 왔으면 시작합시다."

"알겠습니다."

성준의 말은 절대 가볍지 않았다. 관리국 총괄국장인 이승태도 있었지만, 굳이 반대 의사를 표현하지 않았다.

브리핑 예정 시간까지는 20분 정도 남아 있었다. 하지만 호출을 받은 사람들이 모두 도착했으니 브리핑을 진행해도 문제가 없을 것이라 생각되었다.

승태가 신호를 보내자 브리핑을 맡은 현성이 중앙의 스크린 앞으로 걸어갔다.

"긴급 브리핑을 진행하겠습니다."

바로 본론이 시작되었다고 해도 좋을 정도로 서론은 짧았다. 브리핑에서는 차원 관문이 열릴 것으로 예상되는 지역에 관해 설명하고 그에 따른 군대와 무장경찰국의 병력 배치. 그리고 해당 지역에 거주하고 있어서 전력으로 활용할 수 있는 헌터들의 현황에 관한 내용을 다뤘다.

세계 역사에 최초로 기록될 정도의 대규모 레이드였지만 24시간 전에 관측했기 때문에 그만큼 이 거대한 재앙에 대비할 수 있는 시간이 있었다.

시간이 많다고는 할 수 없겠지만 없는 것보다는 나았다.

-주군의 저택도 차원 관문의 위험영향권에 있습니다.

성준은 대형 스크린에 표시되어 있는 차원 관문의 위치를 재확인했다. 리슈발트의 말대로 저택이 차원 관문의 영향권에 들어가 있었다.

성준은 조용히 고개를 끄덕였다. 주변에 사람들이 있어서 리슈발트와 대화를 하는 것은 곤란했다.

-제니퍼에게 연락을 해보는 것은 어떻겠습니까? 레이드 상황 또한 이계와 관련되어 있으니 연합 위원장의 권한을 사용

할 수 있을지도 모릅니다. 군부대를 움직일 필요 없이 로드 길드원들만 저택에 배치해도 큰 도움이 될 겁니다.

리슈발트가 해결책을 제시했다.

로드 길드원들은 모두 연합 위원으로 임명되었으니 이계 상황에서 성준의 지휘 아래에 있게 되며 그의 지시를 최우선으로 수행하게 된다. 그리고 레이드 또한 이계 상황으로 볼 수 있었다.

성준은 제니퍼에게 자세한 것을 물어보기 위해 황급히 레이드 상황실에서 나오며 스마트폰을 꺼내 들었다. 그리고 제니퍼에게 전화를 걸었다.

-제니퍼입니다.

"레이드도 이계 상황으로 인정됩니까?"

-위원회가 창설 초기라 동일한 경우가 없지만, 레이드도 공격 행위가 확실하다고 여겨지는 지금에서 이계 상황으로 인정됩니다.

제니퍼가 대답했다. 성준의 입가에 미소가 번졌다.

"지금 당장 대한민국 헌터 관리국으로 명령서를 보내세요."

-어떤 내용으로 보내면 됩니까?

"레이드 상황 발생 시 로드 길드원들을 제 저택 주위로 배치하게 명령서를 보내면 됩니다."

-어렵지 않습니다. 지금 작성해서 보내겠습니다.

통화가 끝나고 성준은 레이드 상황실로 돌아갔다.

의자에 앉아서 5분 정도 기다리고 있으니 갑자기 어느 한쪽이 소란스러워졌다.

"뭐라고? 최고 등급 명령서가 전달되었다고? 어디서?"

"기관 이름은 알 수 없지만, 최고 등급 코드가 맞습니다."

"어쩔 수 없군."

대화를 살짝 엿들어 보았다. 제니퍼가 작성한 연합 위원회의 명령서가 제대로 도착했다는 사실을 알 수 있었다.

"우리 언제까지 여기 있어야 합니까?"

누군가 말했다. 목소리가 들리는 방향으로 고개를 돌려 보니 헌터로 보이는 남자가 앉아 있었다.

-마력의 양은 S급 정도입니다.

리슈발트의 말에 성준은 고개를 끄덕일 수밖에 없었다. S급 헌터들 중에서는 이기적인 이들이 많았다. 심지어 엉덩이도 무거워서 정말 심각한 레이드 상황이 아니면 국가의 부름에 불응하는 경우도 많았다. 대한민국은 S급 헌터의 수도 많은 편이 아니라서 레이드 상황 소집에 불응해도 그들을 함부로 처벌할 수 없었다.

'이름이 기억나지 않네……'

얼굴은 어디서 본 듯하지만, 기억이 떠오르지 않았다. 그저 시끄러워서 잠시 시선이 향했을 뿐, 흥미는 없었다. 귀찮게 기억을 더듬을 노력을 할 생각조차 들지 않았다.

"죄, 죄송합니다. 안준석 씨……."

현성이 고개를 숙이며 그의 이름을 언급한 뒤에서야 성준은 기억을 떠올릴 수 있었다. 대한민국 랭킹 2위의 S급 마법계 헌터인 그는 정규 공략팀, 침략사령부의 팀장을 맡고 있었다.

"S급 랭킹 2위인 내가 여기까지 왔는데 시간 낭비하지 말고 똑바로 하란 말이야!"

그는 현성에게 다가가 검지로 이마를 툭툭 밀었다. 현성은 당하고 있을 수밖에 없었다. 그는 간부였지만 헌터 관리국은 힘이 없었다. 다른 이들 또한 마찬가지였다.

총괄국장조차 이를 악물고 고개를 돌렸으며, 다른 S급 헌터들도 개입하지 않았다.

'나준열이 없군.'

준열이 있었다면 당연히 나서서 막았을 것이다. 그러나 지금 이곳에서 나준열의 모습을 찾아볼 수 없었다.

"진짜 짜증 나게 하지 말라고!"

준석은 질풍노도의 시기를 겪고 있는 청소년처럼 짜증을 부렸다. 최근 던전 공략이 잘 풀리지 않았던 모양인데, 그 스트레스를 약한 현성에게 풀고 있는 것 같았다. 그 모습이 보기 좋지 않았다.

성준은 오른손에 낀 반지 형태의 로엘에 손을 가져갔다.

-개입하실 생각이십니까?

성준은 대답하지 않았지만 싸늘한 시선은 준석을 노려보고 있었다.

하지만 그는 현성을 가지고 노는 게 재밌는 것인지 성준의 시선을 느끼지 못한 모양이었다.

성준이 시선에 살기를 담아서 보내지 않은 것도 한몫했다.

-지금 개입한다면 S급 랭킹 2위 안준석을 적으로 만들겠지만, 관리국을 포함해 여러 기관의 간부들이 우호적인 태세를 확정하는 데에 도움이 될 겁니다.

성준은 더 이상 망설이지 않았다.

고속 이동술을 펼쳐서 준석과 현성의 사이를 가로막았다. 그가 진심을 다한 고속 이동술을 너무나 빨랐기 때문에 그 누구도 알아채지 못했다.

성준이 현성의 이마를 밀어내던 준석의 오른팔을 잡아챈 뒤에서야 S급 헌터 몇 명이 성준이 '이동'했다는 사실을 뒤늦게 깨달았을 뿐이었다.

"무, 무슨……!"

"건드리지 마. 내 사람이야."

성준의 한 마디는 현성을 감동시키기에 충분했다.

"제, 제기랄……!"

준석은 허리에 걸려 있는 무기로 손을 가져갔다.

상대가 SS급 헌터인 성준이라는 것을 알고 있음에도 불구하고 분노를 못 이겨서 한 본능에 가까운 행동이었다.

지휘봉 형태의 마법 지팡이에 손이 닿은 순간이었다.

성준이 입을 열었다.

"잘 생각해. 그거 뽑으면⋯⋯."

성준은 준석에게 향하는 시선에 살기를 가득 담아 보냈다.

"너 죽어."

그 순간 준석은 살기에 침식되어 자신의 죽음을 보았다.

마법 지팡이를 뽑는 순간 오른팔이 잘리고 상체가 잔혹하게 도륙당하는 미래의 파편을 보았다.

그것은 단순히 의미 없는 꿈일 수도 있지만, 준석에게는 끔찍할 정도로 현실적이었기에 무시할 수 없었다. 실제로 성준에게는 준석을 그렇게 만들 힘이 있었다.

"이, 이익⋯⋯!"

준석은 이를 악물었다. 하지만 성준을 상대로 그가 할 수 있는 것은 아무것도 없었다. 그는 마법 지팡에서 손을 뗀 채 성준과 현성에게서 몸을 돌렸다.

그 순간이었다.

"어디 가?"

성준의 날카로운 목소리에 준석의 발걸음이 멈췄다. 많은 생각이 뇌리를 스쳤다. 겁을 집어먹은 것은 사실이었지만 그런 모습을 성준에게 보일 생각은 없었다.

그는 차분하게 호흡을 가다듬고 다시 성준을 향해 몸을 돌렸다.

"무슨 일이시죠?"

침착하게 행동하려고 노력했지만 강력한 살기에 노출된 후유증인지 목소리가 가늘게 떨리고 있었다.

준석도 그런 자신의 상태를 잘 알고 있었다. 할 수 있는 것은 아무것도 없었고 그저 분한 마음에 이를 악물 수밖에 없었다.

"사과하고 가야지."

"사, 사과요?"

설마 사과까지 요구할 것이라고는 예상조차 못 한 모양이었다. 그의 얼굴에 당황한 기색이 역력했다.

다른 헌터들도 마찬가지였다.

"일이 재밌게 돌아가네?"

"그동안 강성준이 너무 조용하게 지낸다 싶었어."

다른 헌터들은 성준과 준석을 흥미롭다는 시선으로 보기는 했지만 개입하지 않았다.

준석은 굴욕감에 주먹을 꽉 쥐었다. 힘이 어찌나 들어갔는지 팔이 사시나무처럼 떨렸다.

"굴욕적이지?"

성준이 조롱하듯 물었다.

준석은 대답하지 않았다. 하지만 그의 행동이 증명하고 있었다.

그 모습을 보며 성준은 입꼬리를 슬쩍 끌어 올렸다. 더 이상은 자극하면 안 될 것이라고 생각하고 한발 물러나기로 마음먹었다.

"그러니까 앞으로는 어른 있을 때 나대지 마."

그 말을 끝으로 진득한 살기를 거뒀다.

"죄송합니다."

대한민국 S급 랭킹 2위의 헌터이며, 전원 A급 헌터로 구성되어 있는 정규 공략팀 '침략사령부'의 팀장을 맡고 있는 안준석은 성준의 앞에서 아무것도 하지 못하고 현성을 향해 고개를 숙인 채 사과를 할 수밖에 없었다.

준석이 S급 헌터라고는 하지만 SS급 헌터인 성준의 앞에서는 무력한 존재에 불과했다.

"이제 가도 돼."

준석은 속으로 안도했다. 그리고 몰래 현성을 죽여 버리겠다는 악랄한 계획을 품었다.

하지만 성준이 준석의 그런 심리를 모를 리가 없었다.

"이상한 짓 하지 않는 게 좋아."

목소리에서 묻어 나오는 싸늘한 살기는 준석이 품은 악랄한 계획을 깨끗하게 지워 버렸다. 거부할 수 없었다.

준석이 떠나고 레이드 상황실에서는 무거운 침묵이 감돌았다.

"강성준 씨…… 정말 감사합니다. 제가 어떻게 보답해야 할지 모르겠습니다."

현성은 진심을 담아서 감사의 말을 전했다.

성준은 미소를 지으며 입을 열었다.

"지금처럼만 해주시면 됩니다."

"정말…… 정말 감사합니다."

성준과 준석 간에 마찰이 있기도 했고 브리핑도 끝났기 때문에 레이드 상황실에 모였던 사람들은 모두 해산하여 각자의 위치로 돌아갔다.

"강성준 씨의 행동에 감탄했습니다. 앞으로 관리국은 강성준 씨에 대한 지원을 아끼지 않을 겁니다."

승태가 성준을 찾아와 감동한 얼굴로 말하고는 발걸음을 재촉했다.

성준도 돌아가기 위해 한석과 함께 저택으로 돌아가기 위해 레이드 상황실을 나서고 있었다.

밖에서 헌터로 보이는 누군가가 성준에게 다가왔다. 기다리고 있었던 것 같았다. 자세히 보니 몇 번 본 적 있는 얼굴이었다.

"저는 유강철이라고 합니다. 강성준 씨의 용기 있는 행동에 감탄했습니다."

강철은 S급 랭킹 14위의 헌터였다.

그는 현성이 굴욕을 당할 때 나서고 싶었지만, 준석의 보복이 두려워서 지켜보고 있을 수밖에 없었다.

"성준 씨. 오늘 멋졌어요."

마지막으로 레이드 상황실을 나오던 은주가 복잡한 감정이 섞여 있는 희미한 미소와 함께 칭찬을 건넸다.

아무래도 준석과는 다른 부류의 헌터들에게서 평판이 좋아진 모양이었다.

반대로 준석과 비슷한 부류의 헌터들에게는 좋지 않은 인상을 남겼겠지만, 성준은 이런 것이 긍정적인 변화라고 생각했다.

"내일 레이드에서도 좋은 모습을 기대하겠습니다."

강철과 은주가 멀어졌다. 그리고 현성이 다가왔다.

"강성준 씨! 상황이 혼란스러워서 미처 전달하지 못한 내용이 있습니다!"

자세히 설명하지는 않았지만 조금 전의 준석 때문에 전달하지 못한 것이 분명했다.

성준은 현성을 향해 시선을 옮기며 입을 열었다.

"말하세요."

"내일 레이드 상황이 발생하면 강성준 씨에게 알파팀의 지휘를 맡길 생각입니다. 총원은 25명이고 전원 A급 헌터로 구성되어 있습니다."

"기동타격대 같은 건가요?"

성준이 물었다. 현성은 미소를 지었다.

"그런 셈이죠."

"차원 관문을 파괴하면 됩니까?"

대규모 레이드 상황에서 기동타격대의 역할은 최대한 많은 수의 차원 관문을 신속하게 파괴하여 소환된 마물들을 역소환시키고 후속 소환을 차단하는 것이었다.

"역시 레이드 경험이 풍부한 헌터님답습니다."

현성은 감탄사를 아끼지 않았다.

"맡아주실 수 있겠습니까?"

현성이 조심스럽게 물었다.

어디까지나 협조를 요청하는 것이지 강제로 지휘권을 맡길 수는 없었다. 성준이 거절하면 계획은 무산될 수밖에 없는 것이다.

"제가 맡겠습니다."

성준의 대답에 현성은 안도했다. 알파팀을 맡길 만한 다른 후보가 없었기 때문에 현성과 관리국은 성준이 꼭 맡아주길 바라고 있었다.

"감사합니다."

현성은 고개를 숙이며 말했다. 그의 목소리에서 진심이 묻어 나왔다.

그의 용건이 끝난 것 같았기에 성준은 손을 살짝 들어 보이며 현성에게서 몸을 돌려 발걸음을 옮겼다.

멀어지는 그의 뒷모습을 보며 현성은 차분한 표정으로 입을 열었다.

"내일 대한민국을 부탁합니다."

그 누구에게도 들리지 않을 정도의 작은 목소리가 허공에 흩어졌지만, 성준도 모두의 바람을 알고 있을 것이라 현성은 생각했다.

긴장감 속에서 다음 날 아침이 밝았다.

성준은 던전 관리국으로 이동했다.

한석에게는 다른 로드 길드원들과 마찬가지로 저택의 방어를 맡겼다. 방어에 실패할 경우에 대비하여 아버지인 수혁은 안전한 남쪽으로 피신하게 했다. 신철과 장훈, 그리고 경호팀이 함께 이동했기 때문에 걱정은 없었다.

"강성준 씨! 여기입니다!"

던전 관리국 주변에 배치된 군의 무장 병력은 곧 국가의 재난 상황이 다가올 것이라는 사실을 말해주고 있는 듯했다.

군인들 사이에 있던 남성이 성준을 발견하고는 손을 흔들었다. 복장을 보니 군인은 아닌 것 같았다.

"던전 관리국에서 나왔습니다. 같이 비행장으로 이동하시죠."

성준은 스스로를 던전 관리국 직원이라고 소개한 남자와

함께 차를 타고 비행장으로 이동했다.

곧 차원 관문이 열릴 예정이었기 때문에 비행장의 군인들도 바쁘게 움직이고 있었다. 던전 관리국 직원은 넓은 비행장에서도 수송 헬기들이 모여 있는 곳으로 성준을 안내했다.

-알파팀인 것 같습니다.

리슈발트가 말했다.

여러 대 모여 있는 수송 헬기들의 앞에 25명의 헌터들이 대열을 갖춘 채 성준을 기다리고 있었다. 현성이 말한 알파팀이었다.

"알파팀의 정보입니다."

레이드 상황이 발생했을 때의 원활한 지휘를 위해 팀원들의 특기나 착용 아이템 등과 같은 간단한 정보가 적힌 서류가 성준에게 전달되었다. 정보량이 많았지만, 다행히 성준은 전생에 여단의 최고 기사였던 경험을 가지고 있었기 때문에 짧은 시간 동안 다수의 정보를 이해하는 것은 어렵지 않았다.

'군사 훈련을 받았네.'

국가에 소속된 헌터들이라 그런지 전원이 전문적인 군사 훈련을 받았다는 내용이 기록되어 있었다.

'잘됐어.'

성준의 입가에 미소가 번졌다.

군사 훈련을 받았다면 전투 상황에서 통솔하는 게 훨씬 쉬워질 뿐만 아니라 집단전에서 더욱 강한 전투력을 발휘하게 된다.

"다 읽었습니다."

"벌써요? 역시 SS급 헌터님이시군요. 대단하십니다."

서류 전달을 맡았던 직원은 성준의 빠른 정보흡수력에 감탄했다.

'헌터들은 싸움만 잘한다고 생각했는데 그게 아닌 모양이야.'

직원은 평소 자신이 가지고 있던 고정 관념을 깰 수밖에 없었다.

"곧 레이드 상황이 발생하고 차원 관문이 열릴 것 같습니다. 준비해 주시겠습니까?"

"알겠습니다."

성준은 대답과 함께 수송 헬기에 탑승했다. 그러자 25명의 알파팀 헌터들도 다른 수송 헬기들에 인원을 나눠서 탑승했다.

성준의 옆에는 소령 계급의 장교가 앉았다.

"육군 군수 사령부 소속의 임경수 소령이라고 합니다. 이번 레이드 상황에서 알파팀의 수송 지원의 지휘를 맡게 되었습니다."

경수가 자신에 대해 소개했다.

성준도 고개를 끄덕이며 입을 열었다.

"강성준입니다. 잘 부탁합니다."

"수송 편대는 수송 헬기와 공격 헬기들로 구성되어 있습니다. 우리는 레이드 상황이 발생하기 전에 먼저 이륙하여 그나마 차원 관문이 밀집될 것으로 예상되는 지점으로 이동할 겁니다. 일단 레이드 상황이 발생하면 지상군은 물론이고 공격 헬기 편대도 전력을 다해 이동을 지원할 예정입니다."

경수는 말을 마치며 시간을 확인했다.

"곧 레이드 상황이 시작될 것 같습니다. 수송 부대를 이륙시켜야겠군요."

경수가 무전으로 지시를 내리자 편대가 일제히 이륙했다.

수송 편대와 호위 편대가 이륙하고 이동을 시작한 지 10분 정도 시간이 흘렀을 때였다. 성준은 심상치 않은 마력의 흐름을 느꼈다.

-차원 관문이 열리고 있습니다.

리슈발트가 말을 끝내기 무섭게 사방에서 차원 관문이 열렸다. 대부분 지상에 열렸지만 비공정 몇 척이 푸른 창공을 찢고서 모습을 드러내기도 했다.

비행 능력이 있는 헌터들이 도착하기 전까지 비공정을 그자리에 묶어두기 위해 전투기 편대가 출격하여 미사일을 퍼부었다.

지상에서는 대공포가 불을 뿜었다. 24시간 전부터 준비를 했지만 많은 수의 차원 관문이 동시에 열리는 바람에 수도권은 혼란스러워졌다.

"저희는 이대로 첫 번째 목표를 향해 이동합니다!"

경수가 말했다. 성준은 고개를 끄덕였다. 곳곳에서 구조 요청이 들어오고 있었지만, 그들을 도와줄 여유는 없었다. 착륙해서 그들을 지원하는 것보다 차원 관문을 신속하게 파괴하는 것이 이 혼란을 진정시키는 데에 도움이 될 것이다.

"고도를 낮추겠습니다!"

첫 번째 목표로 지정된 차원 관문 주변에 수송 편대가 착륙했다. 차원 관문이 열린 지 얼마 되지 않아서 저항은 생각보다 거세지 않았다.

호위 편대를 구성하고 있는 공격 헬기들이 마물 무리의 접근을 저지하는 동안 성준은 알파팀의 헌터들과 함께 수송 헬기에서 뛰어내렸다. 모두 A급 헌터들이었기 때문에 15m 정도의 높이에서 뛰어내리는 것 정도로는 신체에 조금의 손상도 입지 않았다.

"바로 이동하겠습니다."

성준이 말했다. 알파팀은 대답을 하는 대신에 먼저 움직이는 성준을 뒤따랐다.

"차원 관문이 보입니다!"

알파팀 소속의 누군가가 외쳤다.

레이드 상황이 발생하고 시간이 오래 지나지 않은 데다가 대기 중이던 헌터들이 웨이브의 어그로를 잡아주고 있었기 때문에 어렵지 않게 첫 번째 차원 관문을 파괴할 수 있었다.

성준의 강력한 '힐' 덕분에 알파팀의 피해는 없었다.

"2번째 목표로 이동하겠습니다."

성준이 말했다.

첫 번째 차원 관문을 파괴했지만 쉴 여유는 없었다. 아직 열려 있는 차원 관문은 많았기 때문에 2번째 목표로 지정된 차원 관문을 파괴하기 위해 곧바로 움직여야만 했다.

"수송 편대를 요청하세요."

"알겠습니다."

무전 연락을 맡은 헌터가 즉시 수송 편대의 임경수 소령을 호출했다. 5분이 지나지 않아서 근처에서 대기하고 있던 수송 편대가 착륙했다.

이 지역을 담당하는 차원 관문을 파괴했기 때문에 성준과 알파팀이 태우고 이륙하는 수송 편대를 방해하는 마물 무리는 없었다.

그들은 곧바로 2번째 차원 관문으로 이동하여 파괴했다.

2번째 차원 관문까지는 파괴가 어렵지 않았지만 4번째부터가 문제였다. 그들이 4번째 차원 관문을 파괴하기 위해 움직일 때는 이미 레이드가 심각한 상황으로 심화된 뒤였다.

"호위 편대가 전멸했습니다!"

격렬한 저항에 공격 헬기들로 구성된 호위 편대가 전멸했다. 마물들의 원거리 공격이 쉬지 않고 쏟아졌다. 수송 편대는 지상군의 포격과 공군의 공습 엄호를 받으며 회피 기동을 펼쳤지만 위태로웠다.

"여기서부터는 도보로 이동하겠습니다."

성준이 말했다.

경수의 걱정스러운 시선이 그에게 향했다.

"그래도 괜찮으시겠습니까?"

"그게 더 나을 것 같습니다."

"그럼 고도를 낮추겠습니다!"

경수가 지시를 내리자 수송 편대가 급히 고도를 낮췄다. 성준은 알파팀의 헌터 몇 명과 함께 먼저 뛰어내려서 주변의 마물들을 정리했다. 그동안 알파팀의 다른 헌터들도 무사히 착지했다.

"팀장님! 공용 회선으로 긴급 지원 요청입니다. 저지선이 무너지기 직전이라고 합니다!"

무전 연락을 맡은 헌터가 황급히 보고했다. 레이드 상황은 폐쇄되지 않은 야외에서 벌어지기 때문에 스마트폰은 불가능하지만, 특수한 무전기의 사용이 가능했다.

"최종 저지선인 모양입니다. 그곳이 무너지면 대피소가 위험합니다. 대학살이 벌어질 겁니다."

헌터가 덧붙였다.

성준은 길게 고민할 필요도 없이 단호한 얼굴로 입을 열었다.

"저지선을 지원하겠습니다."

"하지만 그러면 차원 관문은 어떻게 합니까?"

성준의 결정에 알파팀의 헌터 1명이 반대의 뜻을 밝혔다. 다른 몇 명도 고개를 끄덕였다.

그들은 국가 소속의 헌터였기 때문에 하달받은 임무를 중요하게 생각했다. 꼭 그렇지 않더라도 차원 관문을 내버려 두면 저지선을 지원하더라도 깨진 항아리에 물 붓는 꼴이라는 것을 헌터들은 다 알고 있었다.

"차원 관문은 제가 맡겠습니다."

"괘, 괜찮으시겠습니까?"

누군가 우려를 표했다. 하지만 그는 곧 고개를 저었다.

불필요한 걱정이었다. 그의 눈앞에 있는 사제복을 입은 헌터는 대한민국 최초이자 유일의 SS급 헌터였다.

회복계였지만 전투계 수준의 살상이 가능한 헌터였다.

"시간이 조금 더 걸리겠지만 큰 문제는 아닙니다. 알파팀은 안심하고 최종 저지선을 지원하세요."

"알겠습니다."

"최종 저지선까지 거리가 얼마나 됩니까?"

"달리면 10분 정도 거리입니다. 마물들이 방해하면 이동에 집중할 수 없으니까 1시간 정도 걸릴 것 같습니다."

헌터가 달리기에만 집중했을 때 10분 정도 걸린다면 가까운 거리는 아니었다.

"차원 관문은요?"

"거의 비슷합니다. 하지만 마물들의 방해가 더 심할 겁니다."

성준의 물음에 알파팀의 헌터 한 명이 주머니에서 지도를 꺼내서 위치를 확인한 뒤, 대답했다.

"방해는 걱정하지 않아도 됩니다."

은신 아이템을 가지고 있기 때문에 성준의 목소리에서 자신감이 넘쳤다.

아이템의 은신 효과에다가 성준이 알고 있는 기척을 죽이는 기술까지 더해지면 웬만한 마물들은 존재조차 알아차리지 못할 것이다.

"슬슬 마물들이 접근하고 있네요. 흩어지는 게 좋을 것 같습니다."

"알겠습니다. 저지선을 반드시 지키겠습니다."

"차원 관문을 박살 내고 합류하겠습니다."

성준의 말에 알파팀의 헌터들은 대답 대신 고개를 끄덕였다. 그의 말대로 근처에 있던 마물 무리가 이쪽을 눈치채고 가까이 다가오고 있는 듯 마력 반응이 가까워지고 있었다.

성준이 먼저 차원 관문을 향해 달리기 시작했고 알파팀도 최종 저지선을 향해 이동을 시작했다.

"은신."

시동어를 내뱉자 성준의 몸이 어둠 속으로 녹아들었다. 늦은 오후에 레이드 상황이 발생했지만, 지금은 어느새 하늘이 검게 물들어 있었다.

하지만 그는 곧 은신을 해제했다. 은신 상태에서는 전력을 다해 달릴 수가 없었다. 적들과 전투를 벌이더라도 은신하지 않은 상태에서 이동하는 게 더 빨리 도착할 것이라고 생각되었다.

-5개의 마물 무리가 여러 방면에서 접근 중입니다.

접근을 눈치채고 재빨리 정찰을 다녀온 리슈발트의 보고였다.

"우회는 불가능해?"

-불가능합니다.

"가장 만만한 쪽으로 안내해 줘."

모든 적을 상대할 수도 있지만, 시간이 한정되어 있어서 가장 약한 무리를 찾아 격파하면서 전진할 수밖에 없다.

리슈발트는 대답 대신 특유의 실체 없는 유령 걸음으로 앞서 갔다. 그의 뒤를 따라가니 소규모 마물 무리와 조우하게 되었다.

-뱀파이어 기사 1기에 리빙 아머 20기입니다.

보잘것없는 전력이었다. 성준이 그들의 곁을 스치듯 지나치자 뱀파이어 기사가 피를 뿜으며 쓰러지는 것을 시작으로 리빙 아머 20기가 모두 파괴당했다.

언뜻 보기에는 단순히 곁을 스쳐 지나가는 것으로 보였지만 사실은 동시에 수십 번의 검격으로 적을 '분쇄'해 버린 것이었다.

-역시 주군이십니다!

"쉬운 상대였어."

리슈발트의 감탄을 뒤로 한 채 성준은 차원 관문을 향해 서둘러 이동했다.

리슈발트의 선행 정찰 덕분에 마물 무리와의 전투를 많이 피할 수 있었다. 단 3번의 전투 후에 차원 관문에 도착했다.

차원 관문을 지키는 레이드 보스는 뱀파이어 백작이었다. S급 최상위 티어로 분류되는 강한 마물이지만 성준을 저지할 수 있을 정도는 아니었다.

차원 관문을 지키는 하수인 마물들까지 합세했지만, 그들은 순식간에 전멸했다.

"하, 하얀 악마라니……."

뱀파이어 백작은 당황하면서도 혼신의 힘을 다해 오러를 유지했다. 이미 종족 연합에서 '하얀 악마'의 악명은 많이 퍼져 있는 모양이었다.

"강화."

성준은 검에 마력을 불어 넣어 오러를 강화했다. 동조율 65%를 넘었을 때 기억하고 재습득한 오러 강화라는 기술이었다. 이렇게 오러가 강화된 상태에서 일격을 가하는 것을 오러 강타라고 한다.

'최대한 빨리 처리한다.'

참검을 사용하면 일격에 끝낼 수 있지만, 마력 소모가 너무 심하기 때문에 장기전이 될 가능성이 큰 레이드 상황에서는 적절하지 않은 기술이었다.

'흡수'를 사용할 수 있다고는 하지만 전투에서 소모한 체력과 마력을 모두 회수하는 것은 아니기에 한계가 분명했다.

"하잇!"

"제, 제기랄!"

성준이 기합과 함께 고속 이동술을 펼친 순간 뱀파이어 백작의 입에서 욕설이 튀어나왔다. 너무 빨라서 눈에 보이지 않았다. 성준의 모습 대신 눈동자에 각인된 것은 그의 잔상과 심장에 검이 꽂힌 채 쓰러지는 멀지 않은 미래의 자신이었다.

그는 죽음에서 벗어나기 위해 발악을 했다. 남은 마력을 모두 쏟아부어 오러와 감각을 강화했다. 별도의 마법 술식 없이 마력만으로 시각과 청각 등을 강화하는 것은 효율이 나쁘지만 효과가 전혀 없는 것은 아니었다.

"차, 찾았다!"

그는 성준이 습격해 오는 방향을 감지하고서는 기쁜 마음으로 검을 들어 올렸다. 두 개의 검이 충돌한 순간 절망이 고개를 들었다.

"크윽!"

짧은 신음과 함께 뱀파이어 백작이 뒤로 한걸음 물러섰다.

그의 오러가 성준의 강화된 오러와 충돌한 순간 당장에라도 부서질 것처럼 크게 요동쳤기 때문에 물러나지 않을 수가 없었다.

재정비를 위해서였지만 성준이 곧바로 달려드는 바람에 그럴 시간도 없었다.

"환영검."

성준이 시동어를 내뱉으며 기술을 완성했다. 뱀파이어 백작에게는 사형 선고였다.

그는 급히 방어 자세를 고쳤지만 이미 2개의 환영검에 의해 왼팔이 절단된 뒤였다.

"크, 크윽!"

하지만 연격은 끝나지 않았다. 환영검의 물결이 뱀파이어 백작을 덮쳤다.

그는 검을 휘둘러 방어를 시도했지만 얼마 버티지 못하고 붉은 피를 토하며 쓰러졌다.

"흡수."

-동조율 69%가 되었습니다.

마력 흡수가 누적되어 마침내 1%의 동조율이 상승했다.

-차원 관문에서 마력 반응이 느껴집니다. 곧 다음 웨이브가 출현할 것 같습니다.

리슈발트가 말했다.

다음 웨이브가 시작되면 그들을 상대하느라 차원 관문 파괴가 지연될 것이 뻔했다. 성준은 마력이 느껴지는 방향으로 향했다. 곧 차원 관문을 유지하는 수정을 발견했다. 그는 오러가 깃든 검을 휘둘러 수정을 파괴했다. 가까운 곳에서 느껴지던 마물들의 마력 반응이 모두 사라졌다.

차원 관문이 닫히면서 이계로 역소환된 것이다.

"최종 저지선이 어디더라……."

성준은 혼잣말을 중얼거리며 주머니에서 무전기를 꺼냈다. 알파팀에게 통신 연결을 시도했지만, 대답은 들려오지 않았다.

-알파팀에 문제가 생긴 게 아닐까요?

"아니야. 가끔 이럴 때가 있다고 들었어."

리슈발트가 우려를 표했지만 성준은 고개를 저었다. 던전과 달리 레이드가 밖에서 벌어지는 상황이라서 통신 장애가 거의 없다고는 하지만 가끔 통신 장비가 먹통이 될 때가 있다. 성준도 실제로 겪은 적은 없었지만 헌터 닷컴에서 본 적이 있었다.

결국 성준은 지도를 꺼내 들고 최종 저지선을 향해 발걸음을 재촉했다. 처음에는 통신 장비의 단순 고장이나 마력에 의한 전파 방해라고 생각했었다. 하지만 최종 저지선과 가까워질수록 불길한 생각이 고개를 들었다.

'마력이 느껴지지 않아.'

성준의 얼굴이 돌처럼 딱딱하게 굳었다. 최종 저지선이라면 알파팀 말고도 다수의 헌터들이 모여 있을 텐데 마력이 느껴지지 않을 리가 없었다.

"은신."

주의를 기울일 필요가 있다고 판단되었다. 성준은 이동 속도를 줄이고 은신을 사용하여 어둠 속으로 숨어들었다.

그리고 전력을 다해 기척을 숨긴 채 최종 저지선까지 이동했다. 리슈발트에게 선행 정찰을 지시하고 싶었지만 이미 은신 상태라서 말을 할 수가 없었다. 은신을 풀고 지시를 내리기에는 최종 저지선이 있어야 할 곳에서 수상한 기척이 느껴졌다.

'은신 중인 무리가 있다……'

성준조차도 '은신'의 존재만을 간신히 감지했을 뿐 정확한 위치는 특정할 수 없을 정도로 뛰어난 은신 능력이었다.

'최소 특등 살수가 섞여 있어……'

은신을 펼치고 있는 이들은 한둘이 아닌 것 같았다. 그리고 그들 중에 유난히 은밀하게 감춰진 기척이 있었다. 성준은 그 기척의 주인이 SS급 중간 티어로 평가할 수 있는 특등 살수 이상의 실력자라고 판단했다.

'다 왔다.'

지도를 보니 앞에 있는 건물 모퉁이만 돌아가면 최종 저지선이 나올 것 같았다.

성준은 긴장의 끈을 놓지 않은 상태에서 발걸음을 옮겼다. 모든 방법을 동원해 기척을 죽이고 있어서 그 속도가 결코 빠르지 않았다.

고요한 전진 속에서 살벌한 긴장의 꽃이 피어났다. 그리고 마침내 건물 모퉁이를 돌았을 때 성준의 눈에 들어온 최종 저지선은······.

피바다였다.

-살아 있는 사람은 한 명도 없습니다. 모두 몰살당했습니다.

리슈발트가 말했다. 성준은 섣불리 발걸음을 옮기지 않았다. 상황을 파악하기 위해 눈동자만 움직였다. 파괴된 전차와 장갑차들의 잔해가 널려 있고 날카로운 무언가에 잔혹하게 도륙당한 시체가 수백이 넘었다.

정확하게 구별하기는 힘들었지만 알파팀도 당한 것인지 그들의 시체도 섞여 있는 것 같았다.

-흩어져 있는 것 같습니다.

리슈발트가 말했다.

성준은 고개를 끄덕이지도 않았다. 어차피 은신 상태라서 그에게 보이지도 않을 테니까.

'어디에 있는 거지······?'

성준은 긴장 속에서 시선을 옮겼다. 희미한 기척의 흔적을 찾아냈지만 정확한 위치는 특정할 수 없었다. 리슈발트의 말대로 적들이 흩어져 있고 한두 명이 아니라는 것 정도만 파악할 수 있었다.

-기척이 희미해지고 있습니다. 적들도 주군의 위치를 알아내지 못한 모양입니다.

기척이 희미해지고 있다는 것은 은신 상태에서 움직임을 줄였다는 것을 의미했다. 적들도 성준을 경계하고 신중하게 행동하고 있다는 것을 의미했다.

목을 조여오는 듯한 긴장의 연쇄를 끊은 것은 폭격기가 오작동하여 떨어뜨린 하나의 폭탄이었다. 최종 저지선 중앙에 떨어진 폭탄이 터지면서 일어난 후폭풍이 성준은 물론이고 매복한 적들의 은신을 모두 벗겨냈다.

은신의 효과가 완전히 사라졌고 판단을 위해 주어진 시간은 1초가 되지 않을 정도로 짧았다.

"블러드 스피어!"

"블러드 허리케인!"

후폭풍이 일으킨 흙먼지가 물러나기도 전에 강력한 혈마법을 영창하는 뱀파이어들의 목소리가 울려 퍼졌다.

"뱀파이어?"

성준은 '정의로운 방패'를 사용하는 대신 고속 이동술을 사용하여 혈마법 공격을 피했다.

'정의로운 방패'의 옵션 스킬인 '앱솔루트 실드'는 방어막이 유지되는 동안 이동 속도가 느려지기 때문에 뛰어난 실력자 다수를 상대할 때 사용하기에는 적합하지 않았다.

"블러드 레인!"

혈마법의 연격이다.

하지만 성준은 당황하지 않고 침착하게 검을 들어 올렸다. 마력을 끌어올리는 것과 동시에 입을 열었다.

"폭풍검!"

시동어를 내뱉자 완성된 기술, 폭풍검은 사방으로 검풍을 쏟아냈다. 시야를 방해하는 흙먼지를 몰아내고 블러드 레인을 파훼했다. 그리고 접근해 오던 적들을 견제했다.

흙먼지가 물러나자 시야가 또렷해졌다.

성준은 눈동자를 빠르게 움직여 적들의 수를 파악했다.

'12명……'

성준은 이를 악물었다. 모두 성혈 기사단의 제복을 입고 있었다.

-SS급 하위로 판정할 수 있는 뱀파이어 후작이 11명입니다……. 그리고…….

리슈발트의 목소리가 떨렸다.

-뱀파이어 공작이 하나 있습니다.

SS급 상위로 특등 살수보다 티어가 높은 뱀파이어 공작의 첫 등장이었다. 그들은 흩어져 있으면서도 교묘하게 포위망을 유지하고 있었다. 합격진을 펼치기 최적의 위치에 각자가 자리 잡고 있었다.

-중앙에 서 있는 뱀파이어가 공작급입니다.

리슈발트가 보고했다.

성준의 시선이 뱀파이어 진형의 중심으로 향했다. 그곳에 익숙한 얼굴이 있었다.

"요툰 후작…… 아니, 이제는 공작인가……?"

전생의 기억, 그 끝에는 리도니아 대평원이 있었다. 그곳에서 로우켈의 토벌에 동원된 병력은 제국군뿐만이 아니었다. 종족 연합도 군대를 움직였으며 로우켈의 저항에 부딪혀 치명적인 피해를 입었다.

"많이 컸네."

성준은 입꼬리를 끌어 올리며 혼잣말에 가까운 중얼거림을 흘렸다. 후작이었던 요툰이 공작이 된 모습만 봐도 이계의 시간이 얼마나 흘렀는지 간접적으로 체감되었다.

"요툰 공작이다. 성혈 기사단의 이름으로 너를 '징벌'하겠다."

요툰이 붉은 눈을 번뜩이며 말했다. 뱀파이어들은 자신들이 종족 연합 중에서도 신사적이라고 생각해서 여단의 기사들처럼 전투 시작 전에 통성명을 하는 경우가 있었다.

물론 성준은 그들을 여전히 '마물'에 불과하다고 생각했다.

"마물의 이름 따위는 궁금하지 않아."

"명을 재촉하는군."

성준의 말에 요툰의 목소리에서 냉기가 묻어 나왔다. 종족연합의 구성원들은 일반 마물에 비해 지능이 높아서 '마물'이라고 불리는 것을 싫어했다.

"명을 재촉하는 건 너희야."

잠깐이지만 지휘를 맡은 알파팀이 전멸했다. 책임을 느끼는 것은 아니었지만 안타까운 감정이 드는 것은 사실이었다.

어차피 뱀파이어들은 자신의 적이니 죽은 팀원들을 위로해 주기 위해 기꺼이 복수의 검을 들어 올릴 생각이었다.

"리슈발트. 동조율 최대로 간다."

-제 계산이 정확하다면 부담을 무시할 경우 75%까지 가능하지만, 신체가 무너질 겁니다.

"상관없어. 나는 힐러니까."

내상을 입으면 '힐'로 치유하면 된다. 본격적인 전투가 시작되면 힐을 사용할 기회는 많지 않겠지만 지금은 다른 선택지가 없었다.

뱀파이어 공작 1명에 후작이 11명을 '지금의' 성준은 결코 이길 수 없다. 단 한 가지 방법이 있다면 한계까지 동조율을 올려서 전투에 임하는 것뿐이다.

"압도적인 힘으로!"

성준이 마력을 끌어 올리며 외치자 동조율이 상승했다.

-동조율 75%! 한계에 도달했습니다! 더 끌어 올리면 사망할 수도 있습니다!

리슈발트는 확실하게 선을 그었다.

성준도 고개를 끄덕이며 더 이상 동조율을 올리지 않았다. 뱀파이어 공작과 동귀어진하는 것은 의미가 없었다.

'황제를 죽일 때까지 죽을 순 없다!'

리도니아 대평원에서 생명의 불꽃이 꺼지면서 스스로에게 약속한 맹세를, 끝내 완성하기 위해 먼 길을 돌아왔다. 이대로 죽을 수는 없었다.

-동조율 70%를 돌파하면서 폭풍검의 제한이 사라졌습니다! 동조율 75%를 넘으면서 제한적인 환영검무를 사용할 수 있게 되었습니다!

동조율 상승으로 인한 신체의 변화를 리슈발트가 정리해서 보고했다. 덕분에 성준은 밀려 들어오는 기억 속에서 필요한 정보만 골라서 정리할 수 있었다.

"느낌이 이상하다! 총원은 전력을 다해서 '하얀 악마'를 처치해라!"

"1조 앞으로! 2조 앞으로! 공격을 선도하라! 3조는 지휘조와 함께 혈마법으로 원호 공격을 펼친다!"

6명의 뱀파이어 후작들이 먼저 움직였다. 하위 티어지만 SS급의 마물답게 순간적인 가속이 엄청 빨랐다.

성준은 두 눈을 빠르게 움직여 그들의 움직임을 추적하며 검을 들어 올렸다.

"드래곤 피어."

무심한 듯한 목소리로 내뱉은 시동어는 로엘에 잠들어 있던 마룡의 영혼을 깨웠다.

크라라라라라!

마룡의 울부짖음이 퍼졌다. 요툰과 함께 비교적 후방에 있던 5명의 뱀파이어 후작들은 멀쩡했지만, 성준과의 거리를 순식간에 좁힌 6명의 뱀파이어 후작들은 순간적으로 경직되고 말았다.

그들은 SS급의 마물이었지만 동조율 75%에 도달한 성준은 SSS급의 무력을 보유하고 있어서 드래곤 피어의 영향을 받을 수밖에 없었다.

"이, 이것은 드래곤의……!"

"제기랄! 몸이!"

"혈마법으로 원호하겠다!"

요툰은 1조와 2조를 지원하기 위해 뱀파이어 후작 5명과 함께 혈마법으로 원거리 공격을 펼쳤다. 하늘에서 산성을 머금은 붉은 피가 폭포처럼 쏟아지고 블러드 스피어가 날아들었다.

모두 고위 혈마법이었지만 성준은 당황하지 않고 차분하게 검을 휘두르며 입을 열었다.

"환영검무."

로우켈이 자랑하는 최강의 광역 검술 중 하나가 긴 잠에서 다시 깨어나 발현되었다.

성준의 주위로 75개의 환영검이 생성되었다. 그리고 드래곤 피어로 인한 경직으로 일시적인 무방비 상태가 된 6명의 뱀파이어 후작들을 향해 날아갔다.

일련의 과정은 0.1초도 걸리지 않았다.

"크아아악!"

"으아아악!"

6명의 뱀파이어 후작들이 토막 나며 힘없이 무너졌다.

검풍과 달리 오러를 머금은 환영검이었다. 철갑과 같은 피부를 가진 뱀파이어에게도 치명적일 수밖에 없다. 성준을 노리고 날아오던 고위 혈마법들도 환영검에 갈가리 찢겨 무력화되었다.

"1조와 2조가 모두 당했습니다!"

"이럴 수가!"

후방에서 혈마법으로 원거리 공격을 퍼붓고 있던 이들 중 한 명이 상황을 보고했다.

뱀파이어 후작 6명이 단 한 번의 기술로 당했다는 것은 충격적인 일이었다. 당장 성준이 없다고 가정하면 그들 6명은 대한민국을 멸망시킬 수 있을 정도의 전력이다.

성준은 국가를 멸망시킬 수 있는 전력을 일격으로 무너뜨린 셈이었다.

너무나 쉽게 당해 버렸기 때문에 뱀파이어 후작 몇 명은 지금 기분 나쁜 악몽을 꾸고 있다고 착각하고 싶은 심정이었다.

'저건 로우켈의 환영검무가 분명하다.'

요툰은 마른침을 삼켰다. 그는 조금 전에 성준이 펼친 검술을 리도니아 대평원에서도 본 적이 있었다. 일격에 수십의 강자들을 죽음으로 몰아넣는 환영검무는 로우켈과 맞서는 모든 이들에게 있어서 두려움의 대상이었다.

'리도니아 대평원에서 봤던 것에 비해 위력은 약하지만 로우켈의 비전 검술이 분명하다.'

평소와는 달리 요툰은 지금 동요하고 있었다. '하얀 악마'라고 불리는 강성준이 로우켈과 관련이 있다는 정보는 차원 관문을 넘기 전에 들었지만 설마 로우켈을 최강의 검성으로 자리 잡을 수 있게 만들어준 비전 검술, '환영검무'까지 전수받았을 것이라고는 예상하지 못했었다.

'하필이면 환영검무라니……'

요툰은 입술을 살짝 깨물었다. 그는 검을 잡지 않은 왼손을 들어 올리며 입을 열었다.

"합격진을 펼친다."

"요툰 공작님! 저 신묘한 검술은 도대체 뭡니까? 후작이 6명이나 당했습니다!"

성혈 기사단의 뱀파이어 후작 6명을 일격에 도륙하고서 차가운 살기를 흩뿌리는 성준의 모습은 좀처럼 두려움을 느끼지 않는 뱀파이어들조차 몸을 떨 정도였다.

"저건 로우켈의 '환영검무'다. 자주 쓸 수 있는 기술은 아니니까, 공격해라."

"하, 하지만……."

"우리는 가장 고귀한 혈통을 가진 성혈 기사단이다! 적을 앞에 두고 물러나지 않는다!"

요툰이 먼저 검을 휘두르며 성준을 향해 달려들었다.

"제, 제기랄! 합격진이다!"

상관이 움직였으니 남은 5명의 후작도 가만히 있을 수는 없었다. 그들도 성준을 향해 각자의 무기를 겨눈 채 고속 이동술을 펼쳤다.

─성혈 기사단 고유의 합격진입니다. 이 정도 전력이 움직인 합격진에서 살아남은 이는 제국 역사상 단 9명뿐…….

리슈발트가 말했다.

여섯 방향에서 동시에 쏟아지는 여섯 개의 공격은 그 누구도 막아내지 못할 것만 같았다.

하지만 그의 목소리에서 걱정스러운 기색은 전혀 없었다. 그 이유는…….

─그중에 한 명은 기억하시겠지만 바로 주군이십니다.

"그리운 기억이네."

살기를 머금은 눈동자가 날카롭게 빛났다. 성준은 싸늘한 시선을 흩뿌리며 성혈 기사단원들의 공격 경로를 읽었다.

"환영검무."

그리고 환영검무를 사용했다. 생성된 환영검들을 정교하게 조종하여 합격진을 이루고 있는 성혈 기사단원들의 공격 경로를 차단할 뿐만 아니라 반격까지 가했다.

"이, 이런! 블링크!"

"블링크!"

환영검의 급습에 요툰과 그의 부관은 블링크를 사용하여 황급히 뒤로 물러났지만.

"크, 크아아악!"

"커헉! 자, 자주 사용 못 하는 기술이 아니었……."

"블링…… 으아악!"

다른 뱀파이어 후작들은 블링크를 미처 사용하지 못하고 환영검에 당하고 말았다.

허공에 붉은 피가 흩뿌려졌고 뱀파이어 후작들의 토막 난 몸뚱이가 바닥에 떨어져 굴러다녔다.

"대열을 정비해라! 생존자 없나?"

"저뿐입니다!"

요툰의 외침에 부관이 대답했다.

두 번째 환영검무에서 살아남은 성혈 기사단원은 공작급인 요툰과 그의 부관이 전부였다. 심지어 부관조차 멀쩡하지 않았다. 왼팔이 잘려 있었으니까.

혈마법으로 출혈을 막았지만, 전투 능력이 크게 줄었다는 사실은 변함없었다.

하지만 성준도 멀쩡하지는 않았다.

"큭……"

성준이 고통에 찬 신음과 함께 붉은 피를 토해냈다. 한 움큼의 핏덩이가 시멘트 바닥에 쏟아졌다. 동조율을 과하게 올린 반동으로 내상을 입은 것이었다.

"지금이다!"

요툰이 움직였다.

하지만 '블링크'로 인해 성준과의 거리가 멀었다.

그가 접근하는 것보다 성준이 왼손에 마력을 끌어 올리는 게 더 빨랐다.

"힐!"

내상이 순식간에 치유되었다. 신체가 제대로 기능하지 못할 정도의 내상이었지만 SS급 회복계 헌터의 '힐' 앞에서는 무의미했다.

'손상은 계속되고 있어. 요툰 공작을 빨리 처리해야 해.'

'힐'로 내상을 치유하기 무섭게 또다시 고통이 느껴졌다. 동조율을 지나치게 끌어 올린 탓에 체내가 죽어가는 것이었다. 압도적인 무력을 손에 넣었지만 시간 제한이 있는 것이나 다름없었기 때문에 한시라도 빨리 요툰을 처치해야만 했다.

성준은 다급한 속마음과 달리 겉으로는 전혀 내색하지 않았다. 차분하고 여유로운 그 모습에 오히려 요툰이 더 긴장했다.

'하얀 악마가 힐을 사용할 수 있다는 것을 잊고 있었다. 여유로운 저 표정을 보니 내상은 모두 회복된 건가……?'

요툰은 마른침을 삼켰다. 동조율 초월을 통한 압도적인 무력행사 탓에 경황이 없어서 그가 강력한 '힐'을 사용할 수 있다는 사실을 일순간 망각해버린 것이었다.

"크악!"

잠깐 생각을 정리하는 사이에 부관이 앞장서서 돌격하던 부관이 비명과 함께 피를 흩뿌리며 쓰러졌다.

"부관!"

요툰은 이를 악물었다.

전투 중에 다른 생각을 하다니!

큰 실책이었다.

'죽었나?'

부관은 대답이 없었다. 죽었거나 대답도 하지 못할 정도로 치명상을 입은 게 분명했다. 이제 혼자만 남게 되었다.

"성혈 기사단의 이름으로! 반드시 죽이겠다!"

요툰은 발악하듯 외쳤다. 그의 주위로 붉은 핏빛의 오러를 머금은 수십 개의 검이 생겨났다.

성준의 환영검과 비슷한 '혈검난무'라는 기술이었다. 뱀파이어 귀족 중에서도 최소 공작 이상의 강자만 사용할 수 있는 강력한 검술이었다.

"혈검난무!"

"환영검!"

성준이 꺼낸 카드는 환영검이었다.

푸른 오러의 환영검들과 핏빛 오러의 혈검들이 충돌하여 어지럽게 흩어지고 붉은 피가 튀었다.

7장
다가오는 위험

"이, 이 내가 당하다니……!"

현실을 부정하는 듯한 목소리였다. 현재 상황을 이해할 수 없다는 기색이 역력했다. 0.1초 동안 수백 번의 검격을 주고받았고 결과는 요툰의 패배였다.

패배한 그의 몰골은 끔찍했다. 검을 든 오른팔이 잘려 나가서 덜덜 떨리는 왼팔로 간신히 단검을 든 채 방어 자세를 취하고 있었고 전신에는 검에 의한 깊은 상처가 가득했으며 피투성이였다.

'시야가…… 흐릿하다…….'

요툰은 입술을 살짝 깨물었다.

혈마법으로 출혈을 막고 있었지만 이미 흘린 피는 되돌릴 수 없었다. 상처가 너무 많아서 지혈하기도 전에 흘린 피가 많았다. 과다 출혈로 인해 시야가 희미해지고 있었다.

-뱀파이어 공작이라서 그런지 쉽게 죽지 않는군요.

리슈발트가 말했다.

성준은 대답 대신 고개를 끄덕였다. 겉으로는 요툰을 압도하며 애써 여유로운 모습을 보이고 있었지만, 입 밖으로 쏟아질 뻔한 핏물을 몇 번이나 다시 삼켰는지 모른다.

"힐."

당장에라도 쓰러질 것 같았다. 입을 열고 시동어를 말하는 순간 미처 삼키지 못한 핏물이 한 움큼 쏟아졌다.

요툰은 성준이 '힐'로 내상을 치유하는 것을 저지하지 못했다. 그의 상태도 무척이나 좋지 않았기 때문이었다.

"도, 도대체 로우켈은…… 어디서 이런 괴물을……."

요툰은 지금 이런 상황이 된 것에 대해 경악을 감추지 못했다. 리도니아 대평원에서 제국군 5만을 전멸시키고 종족 연합군 2만을 쓰러뜨렸던 로우켈만큼은 아니었지만 지금 눈앞의 '하얀 악마'도 공포로 군림하기에 충분한 무력을 소유하고 있었다.

성준은 두려움에 떠는 요툰을 보며 입술을 살짝 깨물었다.

'잡아서 제로스한테 샘플로 넘겨버리고 싶지만…….'

팔다리가 잘려도 혈마법은 사용할 수 있다. 이대로라면 동조율 초월이 끝난 순간 기절할 것 같은데 요툰을 살려두면 그의 혈마법에 당할 수도 있었다.

제로스의 고문 기술은 수준급이니 샘플로 확보하면 여러모로 좋은 정보를 얻어낼 수도 있겠지만 안전한 게 좋았다.

"······지금 죽여 버려야 한다······."

성준은 끝이 보이지 않는 고통 속에서 정면을 향해 두 눈을 부릅떴다.

요툰은 자신에게 쏟아지는 살기를 느끼는 것과 동시에 곧 끝이 찾아올 것을 직감했다. 지금 상황에서는 저항조차 의미 없었다. 그는 모든 것을 포기하고 두 눈을 감았다.

다음 순간, 성준의 검이 요툰의 심장을 관통했다. 승리를 자만했던 뱀파이어 공작은 허무하게 목숨을 잃었다. 그의 목이 힘없이 꺾인 뒤에서야 성준은 심장에 꽂아 넣었던 검을 뽑아 냈다.

-주군! 상태가 심각합니다. 속히 원군을 부르셔야 합니다.

"알고 있어."

리슈발트가 조언했다.

성준은 힘없는 목소리로 대답하며 스마트폰을 꺼냈다. 고통이 심해지고 의식이 더욱 흐려졌다. 뒤를 맡길 수 있는 지원을 불러야만 했다.

"최한석······."

가장 먼저 떠오른 길드원이었다. 한석은 충성의 룬이 각인되어 있어서 성준을 배신할 수 없기도 했지만, S급 마법계 헌터라서 일반적인 전투계 헌터를 뛰어넘는 고속 이동이 가능했다.

"크윽……."

-최한석입니다.

전화를 거는 동안에도 몇 번이나 의식을 놓을 뻔했다. 그리고 마침내 한석의 목소리가 들려왔다.

성준의 입가에 미소가 번졌다. 그의 목소리가 이렇게 반가운 적은 없었다.

"위치 전송해 줄게. 당장 달려와. 긴급 상황이야."

얼마 버티지 못할 것 같았다.

-모든 마법을 동원하여 달려가겠습니다.

전화가 끝났다. 성준은 왼손을 들어 올렸다. 전투가 끝나면 잊지 말고 해야 할 일이 있었다.

"흡수……!"

체력과 마력을 흡수하고 동조율을 올리는 흡수를 빼먹을 수는 없었다. 뱀파이어 공작 요툰과 후작들의 시체에서 체력과 마력을 흡수했다.

-동조율이 74%가 되었습니다! 5% 상승했습니다!

초월이 끝나고 69%로 돌아온 동조율이 5% 상승했다. 강한 적을 다수 흡수해서 그런지 동조율 상승폭이 컸다.

"힐……!"

신체 내부의 세포가 파괴되는 것은 멈췄지만 동조율 상승의 반작용으로 찾아온 고통은 극심했다. 성준은 그 고통을 조금이라도 줄여보고자 '힐'을 사용했다. '힐'을 사용하면 부작용의 고통이 줄어드는 것은 이미 확인했었다.

"후우……!"

어차피 이 상태로 전투는 불가능했기에 성준은 대부분의 마력을 쏟아부었다. 고통이 많이 줄어들었다. 덕분에 한석이 도착할 때까지 간신히 의식을 잃지 않을 수 있었다.

"길드장님!"

익숙한 목소리가 들려온 순간 성준은 긴장을 놓고 쓰러졌다. 한석은 서둘러 달려와서 성준을 부축했다.

성준은 힘없이 고개를 들며 입을 열었다.

"뒤를 부탁할게……"

"걱정하지 마십시오! 후방까지 안전하게 모시겠습니다!"

레이드가 어떻게 진행되고 있으며, 남은 차원 관문이 몇 개인지는 중요하지 않았다. 쉬고 싶었고 더 이상 의식을 유지하는 게 힘들었기 때문에 그는 조용히 눈을 감았다. 의식이 희미해지면서 고통조차 멀어졌다.

"리블하인 대공. 요툰 공작이 당했습니다."

켈트헤임이 리블하인에게 전했다.

그의 목소리에서 여러 감정이 묻어 나왔지만 가장 선명한 것은 분노였다.

고급스러운 탁자 앞에 혼자 앉아서 체스를 두고 있는 리블하인은 말이 없었다.

"성혈 기사단원들을 한 번 더 동원할 기회를 주신다면 반드시 '하얀 악마'를 죽이겠습니다."

켈트헤임이 말했다. 그는 성혈 기사단의 수장이었고 이번 패전에 책임감을 느끼고 있었다. 그래서 만회하고자 하는 의지가 가득했다.

성혈 기사단을 동원하려면 대표의 허가가 필요했기에 그는 간절히 바랐지만 리블하인은 대답이 없었다. 싸늘한 눈동자를 빛내며 말없이 체스말을 움직일 뿐이었다. 홀로 고독하게 체스를 두는 그 모습은 어떤 면에서 무서울 정도였다.

그런 그를 앞에 두고 있는 켈트헤임은 더 심각했다. 무거운 침묵이 칼날처럼 심장에 파고들었다.

"체크메이트."

굳게 닫혀 있던 리블하인의 입이 열리고 차가운 음성이 흘러나왔다.

켈트헤임은 마른침을 삼켰다. 결과는 알 수 없었지만 리블하인이 결단을 내렸다고 생각했다.

"이번에 지구로 넘어간 성혈 기사단 병력은 완전히 전멸한 겁니까?"

"그렇습니다. 요툰 공작은 물론이고 11명의 뱀파이어 후작들도 전사한 것을 확인했습니다."

대답을 하는 켈트헤임의 목소리가 무거웠다. 성혈 기사단은 100명 정도의 최정예 전투 집단이었다.

공작 1명과 후작 11명이면 주 전력이었는데 그들을 잃었으니 손실이 엄청났다.

리블하인은 겉으로 보기에는 평온해 보였지만 속마음은 타들어 가고 있을 것이다.

"뱀파이어령 성혈 기사단의 역사에 남을 정도로 엄청난 피해군요."

"이 정도의 피해를 입은 것은 황궁 습격 이후로 처음입니다."

황궁 습격은 로우켈을 죽이기 위해 리오펠의 도움을 받아서 황궁에서 펼쳤던 기습 작전을 이야기하는 것이었다.

켈트헤임은 군이 숨기지 않았다. 굴욕을 되새겨야 성준에게 복수할 수 있기도 하지만 리블하인은 변명을 별로 좋아하지 않았다.

"켈트헤임 대공. 잘 생각해 보세요. '대계'를 진행 중인 지금 상황에서 지구로 보낼 뱀파이어령의 상비군이 남아 있습니까?"

리블하인은 차분한 목소리로 질문을 던졌다.

켈트헤임은 쉽게 입을 열지 못했다. 그리고 대답 대신 고개를 숙였다.

가장 중요한 것은 '대계'였다.

"용족과 다크엘프가 포함된 우리 파벌의 모든 상비군은 '대계'를 위해 움직이고 있습니다. 제가 알기로는 여유 병력은 없는 거로 알고 있습니다만……? 제 말이 틀렸습니까?"

"틀리지 않습니다. 뱀파이어령과 용족령 그리고 다크엘프령은 여유가 없습니다."

켈트헤임은 여유 병력이 없다는 사실을 인정할 수밖에 없었다.

"'하얀 악마'에 대한 문제는 제국 쪽으로 넘기는 게 좋을 것 같습니다. 우리에게 가장 중요한 것은 '대계'입니다."

"제가 생각이 짧았습니다. 죄송합니다."

"종족 연합의 작은 그릇은 우리를 담기에는 부족합니다. 곧 때가 찾아올 것이니…… 이런……."

리블하인은 입을 닫았다. 그러더니 입꼬리를 끌어 올리며 의자에서 일어났다.

"손님이 오셨군요."

"그런 것 같습니다. 리블하인 대공."

켈트헤임도 고개를 끄덕였다.

멀리서 시작된 기척이 복도를 지나 제법 가까워졌다. 그리고 가벼운 노크 소리와 함께 문이 열렸다.

"실례하겠습니다."

고급스러운 문양이 각인된 문이 열리고 방 안으로 걸어 들어온 갑옷을 입은 남자는 제국 특무군 사령관 아레스 백작이었다.

특무군 사령관은 군부의 요직이기 때문에 황제와 가까웠다. 제국의 백작 중에서는 아레스가 권력과 가장 가까울 것이다.

"제국 특무군 사령관인가? 오늘 온다는 보고는 받았네만 생각보다 빨리 왔군."

"켈트헤임 대공님도 와계셨군요. 그간 안녕하셨습니까?"

아레스가 입꼬리를 슬쩍 끌어 올린 채 물었다.

켈트헤임은 입술을 살짝 깨물었다.

'더러운 놈……. 다 알고 있을 터인데…….'

아레스가 성혈 기사단과 '하얀 악마'의 전투에 대해 모를 리가 없었다. 제국 특무군은 지구에도 작지 않은 규모의 조사 부대를 파견해서 정보망 구축을 끝낸 상태였다.

켈트헤임은 성혈 기사단의 피해를 알면서도 그러냐고 쏘아붙이고 싶었지만 그들의 작전은 비공식적인 것이기 때문에 그럴 수 없었다.

"별일 없었으니 걱정하지 말게."

"정말입니까? 그것참 다행이로군요."

분명한 도발이었다. 제국과 종족 연합은 동맹을 맺었지만, 사이가 좋은 것은 또 아니었다. 그래서 동맹이면서도 하나의 전장에 같이 서는 일은 드문 편이었다.

보이지 않는 신경전을 펼치고 있는 둘을 보며 리블하인은 고개를 저었다.

그래도 아레스는 제국 군부의 다른 귀족들에 비하면 나은 편이었다. 정면에서 전쟁을 치렀던 제국 동부 방면군 사령관 페이드 후작과 그의 부하들은 노골적으로 종족 연합에 대한 적대감을 표시하고는 했다.

황제가 있어서 언제나 '선'을 넘지는 않았지만 리블하인의 입장에서는 불쾌한 것이 사실이었다.

'하등한 인간 주제에…….'

리블하인은 살기가 피어오를 뻔한 것을 간신히 참아냈다. 아레스는 제국 군부 권력의 핵심이었기 때문에 자극해서 좋을 건 없었다.

리블하인은 인간을 멸시했지만 멍청한 것은 아니었다.

"그런데 제국 특무군 사령관이 이곳에는 무슨 일이지? 안부나 물어보려고 온 것은 아닐 텐데 말이야."

"별일 아닙니다. 정말 '안부'만 여쭙기 위해 온 겁니다."

아레스의 대답에 리블하인은 두 눈을 가늘게 뜨고 그를 노려보았다. 단순히 노려볼 뿐, 살기를 머금은 시선은 아니었다.

"일단은 알겠다. 오랜만에 온 것이기도 하니 저녁은 이쪽에서 대접하지."

"감사합니다."

"일 없으면 가서 쉬어."

아레스가 고개를 살짝 숙인 뒤, 물러나자 리블하인의 시선이 켈트헤임에게 향했다.

"로우켈 척살령 때부터 느꼈지만 황제는 정말 무서운 인간이군요."

"네?"

"저건 경고입니다. 아무래도 '대계'의 일부가 노출된 것 같습니다."

눈을 떠보니 낯선 천장이었다.

하얀 천장이 연상시키는 단어는 하나였다.

'병원.'

아무래도 동조율 상승의 부작용으로 정신을 잃은 뒤, 한석이 가까운 병원으로 옮겨준 것 같았다.

대한민국에서 S급 랭킹 1위 헌터인 한석과 겨룰 만한 이들은 존재하지 않으니 방해도 없었을 것이었다.

더 이상 고통은 느껴지지 않았다.

성준은 몸을 일으켜서 주변을 둘러보았다. 병실은 1인실이었고 웬 여자가 침대에 엎드려서 자고 있었는데 자세히 보니까 설아였다.

-주군께서는 약 이틀 동안 기절한 상태이셨습니다. 그리고 윤설아는 제일 먼저 달려와서 제대로 쉬지도 않고 자리를 지켰습니다.

리슈발트는 성준이 알고 싶어 하는 정보를 정확하게 말해주었다.

성준은 고개를 끄덕이며 입을 열었다.

"이틀이나 지난 건가……?"

-이번에는 너무 무리하셨습니다.

"이제 조심해야지."

리슈발트와 짧은 대화를 나눴지만, 설아는 자고 있어서 못 들었을 것이다.

정신을 잃은 시간이 생각보다 길었다. 레이드 상황이 어떻게 해결되었는지도 궁금했고 성혈 기사단에 관해서 대화도 나눠야 할 필요가 있었기에 성준은 스마트폰을 꺼내서 제로스에게 전화를 걸었다.

-강성준 경? 깨어나셨군요!

스마트폰에서 흘러나오는 제로스의 목소리에서 반가움이 묻어 나왔다.

제로스에게 있어서 성준은 복수를 위한 든든한 조력자이며 후원자였기 때문에 꼭 필요한 존재였다. 그래서 그는 성준의 마력을 안정시키기 위해 밤새 술식을 펼치다가 조금 전에서야 저택으로 돌아갔었다.

"할 이야기가 있으니까 병원으로."

-지금 바로 가겠습니다.

"한석이랑 같이 와. 지금 상황이 그렇게 좋지 않아."

-알겠습니다.

설아가 깨어날지도 모르기 때문에 자세하게 설명하지는 못 했지만 제로스는 상황을 눈치챌 수 있었다.

구석진 곳에서 전화 통화를 끝내고 침대 쪽으로 고개를 돌렸다.

통화하는 소리 때문에 잠에서 깬 설아가 성준을 보고 있었다.

"깨어나서 다행이에요."

어느새 달려온 그녀는 성준의 품에 안겨 들었다.

그를 잃을지도 모른다고 생각해서 그런 것일까?

오늘 설아는 술에 취한 것도 아닌데 평소보다 과감했다.

"너무…… 힘들었어요."

설아의 목소리가 젖어 있었다.

성준이 의식을 되찾지 못하고 있을 때 그의 옆을 지키는 동안 많이 불안했던 모양이었다.

"늘 아무 일도 없을 거라고 말했으면서⋯⋯."

"아무 일도 없었습니다."

"거짓말⋯⋯. 그런데 이틀 동안이나 기절해 있었던 거예요?"

책망하는 듯한 말투였다.

성준은 차분한 표정으로 입을 열었다.

"기절해 있던 게 아니라 피곤해서 자고 있었던 겁니다."

"거짓말⋯⋯ 깨워도 안 일어났잖아요."

"많이 피곤했거든요."

성준이 미소를 머금은 채 대답했다.

설아는 더 이상 그를 탓하지 않았다. 그저 말없이 그의 품속에 파고들어 작은 숨결을 내뱉을 뿐이었다.

성준은 아무 말 하지 않고 설아를 안아주었다.

그의 품속에서 안정감을 되찾은 것인지 그녀의 입가에 미소가 번졌다.

"크흠!"

문 쪽에서 헛기침 소리가 들려왔다.

성준의 품 안에서 포근함을 만끽하던 설아가 깜짝 놀라 뒤로 물러났다.

"분위기 좋네요."

그렇게 말하며 음흉하게 웃는 중년의 남자는 마도학자 제로스였다.

성준은 그의 기척을 읽었지만 평범한 사람인 설아는 몰랐던 것이었다. 그래서 당황했고 황급히 성준과 거리를 벌린 것이었다.

술을 마시지 않아도 감정을 표현하는 단계까지 왔지만, 그 모습을 다른 사람들에게 보이는 것은 부끄러운 모양이었다.

"으, 음료수 사 올게요!"

"음료수는 제가 사 왔습니다."

제로스가 과일 음료 선물상자를 들어 올려 보였지만 이미 설아는 빠른 속도로 그의 곁을 지나쳐 자판기로 달려가고 있었다.

성준은 고개를 저으며 의자에 앉았다.

"아무 데나 앉아."

성준이 말했다.

VIP 1인실인지 병실은 보통의 1인실과 비교해도 아주 넓었다. 제로스는 성준의 앞에다 의자를 끌어와서 앉았다.

"꽤 강한 적들을 만났어."

"어느 정도는 예상했습니다. 제가 강성준 경의 몸을 살폈을 때 상당한 마력 피로의 누적을 확인했습니다. 아이템으로 풀어놓지 않았다면 일주일은 누워계셨을 겁니다.

제로스가 말했다.

신체에 누적된 마력 피로만 봐도 얼마나 힘들게 싸웠는지 추측할 수 있었다.

-사실입니다. 제로스 경이 신경을 써주었습니다.

리슈발트가 제로스의 노력을 확인해 주었다.

성준은 고개를 끄덕이며 입을 열었다.

"고마워."

"강성준 경께서 깨어계시는 편이 여러모로 좋지 않겠습니까? 그리고 빨리 보고 드리고 싶은 내용이 있기도 했고요."

"이계인 탐지기 문제야?"

"바로 맞췄습니다."

성준의 물음에 제로스는 미소를 지었다. 그리고 검은 서류 가방에서 푸른빛을 내뿜는 작은 수정 하나를 꺼냈다.

"이계인 탐지기입니다. 이름은 임시로 '파인더'라고 붙여 두었습니다."

"파인더…… 괜찮은 이름이네."

성준은 제로스에게서 파인더를 받아서 자세히 살폈다. 외견은 평범한 마정석과 닮아 있었다.

"지금 계속 빛나고 있는데, 이거 제대로 작동하는 거 맞지?"

성준의 물음에 제로스는 한숨과 함께 고개를 저으며 입을 열었다.

"제가 옆에 있어서 그렇습니다."

"아…… 미안해."

잊고 있었는데 제로스도 '이계인'이었다. 파인더가 제로스에게 반응하는 것은 당연했다.

"저랑 다른 샘플들을 대상으로 실험했습니다. 근처에 이계인이 있으면 빛나기 시작하며, 대상과 가까워질수록 그 빛은 선명해집니다."

제로스가 설명했다.

"파인더를 저한테 가까이 가지고 와보세요."

성준은 대답하지 않고 제로스가 말한 대로 행동했다. 그의 앞에 파인더를 가져가자 눈부실 정도로 환한 빛이 반짝였다.

"제대로 작동하죠?"

"확실하네. 대량 생산 가능해?"

하나만 가지고 있어서는 의미가 없었다. 여러 개를 생산해야만 연합 위원들이 효율적으로 운용할 수 있었다.

"제작 속도가 빠르기는 하지만 수작업입니다. 공정 과정이 단순한 것도 아니라서 대량으로 생산하려면 꽤 시간이 걸릴 것 같습니다."

제로스가 말했다.

"제작법을 공개하는 건 조금 힘들겠지?"

마도학자들은 스스로 개발한 제작법을 독점하고자 하는 경우가 많기 때문에 성준은 조심스럽게 물어볼 수밖에 없었다.

제로스가 성준을 로우켈의 제자로 알고 있으며 충성을 맹세했다고는 하지만 그는 마도학자였다.

"제작법을 공개해도 상관은 없겠지만 마법 술식이 복잡해서 저만 다룰 수 있을 겁니다."

"그러면 어쩔 수 없지……."

"제가 밤낮으로 제작에 힘쓸 겁니다. 대량 생산은 무리겠지만 최대한 빨리 여러 개의 파인더를 제작하겠습니다."

제로스는 자신감 넘치는 목소리로 대답했다.

성준은 그를 믿었기 때문에 고개를 끄덕였다.

그러고는 그의 어깨너머로 보이는 병실 출입구 쪽으로 시선을 옮겼다.

"한석이는 밖에 있어?"

문밖에서 익숙한 기척이 느껴졌다.

"네. 혹시 모를 상황에 대비해서 주변을 경계한다고 하더군요."

"일단 같이 옥상으로 가자. 설아 씨가 언제 올지 모르니까."

"알겠습니다."

지금쯤이면 자판기를 찾았을 것이다.

방해받는 것은 원하지 않았기에 성준은 제로스, 그리고 문밖에서 주변을 경계하고 있던 한석과 합류하여 옥상으로 올라갔다. 밖은 밤이라서 어두웠고 겨울의 바람은 냉기를 머금어서 차가웠다.

"최한석은 문을 지켜."

성준이 지시를 내렸다. 그는 '충성의 룬'이 각인되어 있었기 때문에 제국과 종족 연합에 관한 이야기를 들어도 상관없었다.

하지만 다른 사람이 엿듣는 것을 막기 위해 가까운 출입구에 배치했다.

"최한석 씨를 경호원으로 동행시킨 것을 보면 상황이 심각한 모양입니다?"

"그렇다고 할 수 있지."

"제국입니까? 아니면 종족 연합입니까?"

제로스가 물었다.

성준의 자세한 설명은 없었지만 제로스는 현재 상황을 어느 정도 이해하고 있었다. 그는 레이드 상황을 위장한 기습이 있었다고 생각하고 있는 것이었다.

"종족 연합. 뱀파이어령의 성혈 기사단이 움직였어."

"모두 격파하셨을 테지만, 그 반동으로 기절하셨을 정도면 기습의 규모가 상당했겠군요."

그는 성준의 실력을 정확하게는 몰랐지만, 가늠은 하고 있었다. 그래서 백작이나 후작 정도의 공격으로는 이 정도의 피해를 입지 않았을 것이라고 확신하고 있었다.

"공작 1명에 후작이 11명이었어."

"맙소사! 어떻게 생존하신 겁니까?"

성준의 대답에 제로스는 깜짝 놀랐다.

제로스는 종족 연합과 전쟁을 치른 적이 있는 제국의 마도학자였다. 그래서 성혈 기사단의 공작 1명과 후작 11명이 얼마나 강력한 전력이고 쉽게 움직이지 않는다는 것 정도는 잘 알고 있었다.

"공작 1명에 후작 11명 정도의 성혈 기사단 전력이 투입된 전투에서 생존한 이들은 제국 역사에서도 손에 꼽을 정도인데…… 역시 로우켈 경의 제자답습니다."

성혈 기사단의 최정예 전력을 박살 냈으니 감탄할 수밖에 없었다.

"아무래도 처음부터 나를 노렸던 것 같아."

"충분히 가능성 있다고 생각됩니다. 강성준 경께서는 이미 '하얀 악마'라는 이름으로 유명하고 제국과 종족 연합은 충분한 방해를 받았으니 전혀 이상하지 않습니다."

"그런 것 때문에 성혈 기사단에서도 최정예 병력이 움직일까?"

성혈 기사단에서 뱀파이어 공작이 가지는 위치는 높았다. 그들은 성혈 기사단을 이루는 주력으로 쉽게 움직이지 않았다. 그들이 걸음을 옮겼다는 것은 그만큼 심각한 일이 발생했다는 것을 의미했다.

"그러고 보니 성혈 기사단의 공작이 포함되어 있다고 하셨습니까?"

제로스의 물음에 성준은 고개를 끄덕이며 입을 열었다.

"그래. 공작 1명에 후작이 11명이었어. 확실하게 기억해."

"제가 생각이 짧았습니다. 성혈 기사단의 공작을 동원할 정도면 뭔가 있습니다."

"공작이 움직였다는 게 마음에 걸려."

"뱀파이어 대표의 직속 무력 단체 중에서 가장 강력합니다. 종족 연합은 철저하게 힘으로 유지되기 때문에 대표는 성혈 기사단의 병력을 다수 움직이는 것을 내켜 하지 않는 거로 압니다. 특히 황궁에서 로우켈 경을 습격한 뒤부터 그런 모습이 심해졌습니다."

황궁 습격에서 동원된 성혈 기사단이 엄청난 피해를 입은 뒤, 잠깐이지만 뱀파이어 대표의 영향력이 종족 연합 내부에서 크게 약해졌었다. 종족 연합 최강 파벌의 자리를 내놓지는 않았지만, 그 위치가 위태로웠던 것은 사실이었다.

"아무리 생각해도 '세계수의 씨앗' 때문인 것 같다."

성준은 엘프령에 숨어 있던 성혈 기사단의 후작을 죽이고 그가 가지고 있던 '세계수의 씨앗'을 가져왔다.

"제가 생각해도 그것 때문일 가능성이 클 것 같습니다."

제로스도 고개를 끄덕였다.

그는 5분 정도 생각을 정리한 뒤, 다시 입을 열었다.

"아무래도 이번 일에는 생각보다 복잡한 이해관계가 얽혀 있는 것 같습니다."

성준은 제로스와 한참 동안 의견을 나눴지만, 결론을 내리지 못했다. 대화가 이어지면서 한 가지 분명해진 게 있다면 뱀파이어령 또는 그들의 파벌이 제국과 종족 연합의 동맹 몰래 뭔가 비밀스러운 계획을 진행하고 있다는 것 정도였다.

"그건 그렇고 레이드 상황은 잘 해결됐어?"

성혈 기사단 문제가 더 중요했기 때문에 레이드 상황에 대해서는 지금에서야 질문을 던지는 성준이었다.

"강성준 경의 알파팀이 활약해 준 덕분에 레이드 규모에 비해서 입은 피해가 적었다고 합니다. 제니퍼 씨가 가져온 공식적인 보고서에 그렇게 적혀 있었으니 확실할 겁니다."

"그렇다면 다행이네."

"그래도 원상태로 복원하려면 시간이 꽤 걸릴 것 같다고 합니다. 치안도 안 좋아져서 무장경찰관들이 곳곳에 배치되었습니다."

제로스가 대답했다.

성준의 활약으로 피해가 상당히 줄었다고는 하지만 그럼에도 불구하고 이번 레이드 상황이 워낙 대규모라서 도심이 손상을 입는 것은 피할 수 없었다.

"이번 일로 대한민국은 피해를 입었지만 냉정하게 보면 연합위원회에는 큰 도움이 될지도 모릅니다."

"자세하게 설명해 줄래?"

이틀간 기절해 있었던 것의 후유증인지 복잡한 생각을 하는 게 힘들었다.

성준의 요청에 제로스는 고개를 끄덕이더니 입을 열었다.

"통계를 보면 아시겠지만, 시간이 지날수록 레이드 상황은 대규모화될 뿐만 아니라 자주 발생하고 있습니다. 특히 이번에 서울에서 발생한 것은 역사에 기록될 정도의 규모였습니다."

제로스의 말에 성준은 고개를 끄덕였다. 관리국의 호출을 받고 레이드 상황실을 방문하여 브리핑이 시작되면서 들었던 이야기였다.

"이제 다른 국가들도 대규모 레이드 상황의 발생을 특히 경계할 겁니다. 여기에 레이드 상황이 '이계'와 관련되어 있다는 것을 조금만 더 강조해 주면 연합 위원회에 대한 전 세계의 지원이 압도적으로 상승할 거라고 봅니다."

"사기를 치자는 말이야?"

성준은 눈살을 찌푸렸다. 기상천외한 의견에 두통이 느껴지는 듯했다.

제로스는 황급히 고개를 저었다.

"레이드 상황과 이계의 연관성이 존재하는 건 사실입니다. 그걸 강조하자는 게 제 의견입니다."

"러시아도 연합 위원국으로 끌어들일 수 있을까?"

러시아는 미국과 관계도 좋지 않았고 성준과도 유쾌한 사이는 아니었기 때문에 연합 위원회에 참가하지 않았었다. 오히려 성준의 도움으로 권력을 재정립한 북한이 연합 위원국이었다.

강대국인 러시아가 합류한다면 연합 위원들도 충원되고 활동 지역이 넓어질 뿐만 아니라 여러 지원을 받을 수 있게 될 것이다.

"러시아 쪽은 장담할 수 없을 것 같습니다. 그래도 '제안'을 해보는 정도는 괜찮을 겁니다."

"일단 퇴원부터 해야겠네."

성준은 고개를 끄덕이며 말했다.

다음 날 아침, 간단한 검사를 뒤, 퇴원 수속을 밟았다.

"벌써 퇴원해도 괜찮은 거예요?"

"이제 괜찮아요. 보세요. 멀쩡하죠?"

설아는 퇴원이 빠르다고 생각했지만, 성준은 자신의 몸에 외상이 없다는 것을 강조하여 퇴원을 진행했다.

그러자 그녀는 성준이 걱정되는지 저택까지 따라와서 2시간 정도 있다가 돌아갔다.

"강성준 씨. 보고드릴 내용이 있습니다."

제니퍼가 찾아왔다.

"자리를 옮기죠."

성준은 제니퍼를 밀실로 안내했다. 저택 안에는 로드 길드원들 외에 경호원들도 있었기 때문에 주의할 필요가 있었다.

밀실에 도착하자 제니퍼가 먼저 입을 열었다.

"저택 내에 연합 위원회의 작전을 입안하고 지휘할 수 있는 시설을 만들었습니다. CIA와 중앙헌터국의 기술이 사용되었으니 보안은 안심하셔도 됩니다. 우선은 상황실이라고 명명했습니다."

"생각보다 빨리 완성되었네요."

성준이 말했다. 연합 위원회가 만들어지면서 '상황실'의 필요성이 수면 위로 드러났다.

그래서 그는 제니퍼에게 CIA와 중앙헌터국의 지원을 요청했었다. 그때까지만 해도 시간이 꽤 걸릴 것이라 예상했었다.

하지만 제니퍼는 두 기관의 기술을 총동원하여 빠르게 해결한 것이다.

"저기 문 보이십니까?"

"어……? 그러고 보니 못 보던 '문'이네요. 상황실과 연결되어 있는 겁니까?"

성준의 물음에 제니퍼는 고개를 끄덕이며 입을 열었다.

"아무래도 보안상의 문제 때문에 복도에 출입구를 두는 것보다는 밀실을 통하는 게 좋다고 판단했습니다."

"잘하셨어요. 저도 이게 좋다고 생각합니다."

"감사합니다."

성준이 동조와 함께 가볍게 칭찬하자 제니퍼의 입가에 희미한 미소가 번졌다.

"시설 공사가 끝났으면 확인해 봐도 되겠죠?"

"물론입니다. 출입은 간부급 이상의 코드를 가진 연합 위원만 출입할 수 있게 했습니다."

간부 이상만 출입할 수 있다는 것은 성준을 제외하면 한석과 정철, 그리고 제로스에게도 출입 권한이 있다는 것을 의미했다.

성준은 자신의 보안 카드를 꺼내 인식기에 가져갔다.

삐빅-

인식이 완료되었다는 기계음과 함께 잠금장치가 해제되었다. 성준은 제니퍼와 함께 안으로 들어갔다.

베이스가 된 저택이 워낙 넓어서 그런지 상황실도 컸다. 벽면에는 커다란 모니터 5개가 붙어 있었다. 전체적인 모습은 영화나 게임 속에서 자주 등장하는 가까운 미래의 군사 목적의 지휘 통제실을 연상하게 만들었다.

"마음에 드세요?"

성준의 입가에 미소가 번지는 것을 슬쩍 확인한 제니퍼가 물었다.

"네. 마음에 듭니다. 바로 사용해 보고 싶어지네요."

벽면에 붙어 있는 모니터들을 훑은 성준의 시선이 제니퍼에게 도달했다.

"그건 그렇고…… 미국에 요청하고 싶은 게 있습니다."

"말씀해 주세요. 강성준 씨의 요청이라면 언제나 긍정적으로 검토하고 있습니다."

"이번에 대한민국의 수도권에서 발생한 레이드 상황이 역사에 기록될 정도의 규모라는 것 정도는 알고 계실 겁니다."

성준의 말에 제니퍼는 고개를 끄덕였다.

"네. 그래서 연합 위원국이 아닌 몇몇 국가에서 참여 의사를 밝히기도 했습니다."

이웃집에 도둑이 들면 불안해지는 법이다. 대규모 레이드 상황이 대한민국에서만 발생할 것이라는 법은 어디에도 없었다.

"그중에 러시아는 포함되어 있지 않죠?"

"네. 러시아는 포함되어 있지 않은 거로 압니다. 위기감은 충분히 느꼈겠지만 쉽게 움직일 생각은 없을 겁니다."

러시아는 성준이나 미국과 사이가 좋지 않았다. 그래서 국가에 큰 이변이 없는 한, 연합 위원회에 참가하지 않을 것이다.

적어도 제니퍼는 그렇게 생각했다.

"그래도 예전과는 상황이 많이 달라졌으니까 러시아 고위층과 접촉해서 제안을 해보는 것 정도는 괜찮을 거라고 생각합니다."

성준이 말했다.

"알겠습니다. 연합 위원장께서 지시하셨으니, 연합 위원국인 미국은 따르겠습니다. 지금 바로 국장님에게 연락하겠습니다."

제니퍼는 보안화된 스마트폰을 꺼내서 중앙헌터국의 국장을 맡고 있는 페릭스에게 전화를 걸어서 성준의 지시 사항을 전달했다. 10분간의 긴 대화를 끝낸 제니퍼는 스마트폰을 다시 주머니에 집어넣으며 입을 열었다.

"러시아 고위층과 접촉을 시도해 보겠다는 확답을 받아냈습니다."

"잘하셨습니다."

"조만간에 결과가 나오면 정식으로 보고서를 작성하겠습니다."

제니퍼의 말에 성준은 고개를 끄덕였다. 어차피 당분간은 안정을 취할 생각이었기 때문에 던전 공략 일정이 없었다.

"그리고 보니 제니퍼 씨한테 전달해야 할 아이템이 있습니다."

성준은 품속에서 '파인더'를 꺼냈다.

그것을 본 제니퍼의 눈동자가 반짝였다.

"드디어 완성된 겁니까?"

목소리가 밝았다.

성준이 들고 있는 푸른 수정이 이계인을 탐지할 수 있는 아이템이라는 것은 뻔했다. 그것 외에는 성준이 제니퍼에게 전달해야 할 아이템이 없었다.

"제로스가 고생 좀 했습니다. 이름은 '파인더'입니다. 대량 생산을 할 수 없지만, 효과는 확실하니까, 우선 미국부터 청소하세요."

성준이 말하는 '청소'는 '이계인 사냥'을 말하는 것이었다.

"미국 내의 연합 위원들로 작전에 최적화된 팀을 편성하세요. 임시로 권한을 부여하겠습니다."

"최선을 다하겠습니다."

이계인 사냥을 위한 파인더가 미국에 전달되었다. 제니퍼는 그것을 중앙헌터국의 수송기를 통해 은밀하게 미국으로 운송할 계획을 세웠다.

"이제 전달할 내용은 없습니다."

"고생 많으셨습니다."

제니퍼가 상황실을 떠나기 무섭게 벽면 쪽이 아닌 테이블에 설치된 모니터가 켜졌다.

성준은 그 변화를 감지하고 테이블 앞의 의자에 앉아서 모니터를 살폈다.

[연합 작전이 입안되었습니다.]

확인해 보니 제니퍼가 입안한 '파인더'의 운송 작전이었다. 동원되는 병력은 중앙헌터국의 요원들이었다.

-작전 내용을 한눈에 볼 수 있어서 편하군요. 이걸로 연합 위원회의 모든 작전을 통제하고 지휘할 수 있을 것 같습니다.

리슈발트가 말했다.

성준은 대답 대신 고개를 끄덕였다. 이제야 연합 위원장이 되었다는 게 본격적으로 체감되는 것 같았다.

"일단 가서 쉬어야겠다. 조금 피곤하네."

동조율 상승으로 인해 신체에 상당한 무리가 갔던 모양이었다. 이틀 동안 기절해 있었음에도 여전히 몸 상태가 좋지 않았다. 성준은 휴식의 필요성을 느끼고는 침실로 발걸음을 옮겼다.

그리고 며칠 동안 던전 공략 일정을 잡지 않고 휴식에 집중했다. 중간에 현성이 관리국 총괄국장과 함께 찾아와서 레이드 상황 당시의 활약에 감사하다며 1조 원을 입금했다.

레이드 규모가 커서 그런지 입금된 금액도 상당했다. 성준은 좋은 이미지를 얻기 위해 1조의 10%, 1천억 원을 도시 복구를 위해 기부했다.

[대한민국 유일의 SS급 헌터! 상냥함도 대한민국 유일!]

[무너진 도시 재건을 위해 1천억을 기부한 사나이!]

[대한민국의 마음을 치유한 회복계 헌터.]

엄청난 기부 금액에 인터넷에서는 난리가 났다. 처음에는 설아가 청룡 그룹의 영향력을 동원했지만, 나중에는 그럴 필요가 없었다.

[24151 : 다른 헌터들은 자기 밥그릇만 챙기는데 강성준은 뭔가 다르네?]

[22151 : 그러니까 대한민국 유일인 듯.]

[59913 : 옛날에 있었던 사건들도 지금 보니까 다 강성준 씨 잘못이 아님.]

[90102 : 강성준 헌터님 만세!]

뉴스마다 성준에 대해 안 좋은 이야기를 쓰는 일이 없었고 댓글은 모두 찬양하는 것뿐이었다.

[91245 : 강성준 인격 파탄자임. 내가 봄.]

[01024 : 관심 종자 하나요.]

[49293 : 저 파주 시민인데 강성준 헌터님 덕분에 살았어요. 막말하지 마세요.]

성준을 공격하는 듯한 악플이 있으면 파주에서 도움을 받왔던 이들이 친위대처럼 등장해서 악플을 묻어버렸다. 이제 성준은 대한민국 내에서 그 누구도 건드릴 수 없는 '성역'이 되어 있었다.

"파인더를 13개 정도 만들었습니다."

좋은 소식은 연이어 터졌다. 제로스가 파인더의 추가 제작 사실을 밝힌 것이었다. 며칠 동안 잠을 자지 못한 것인지 그의 눈 밑에 다크서클이 진했다.

❦

이번에 종족 연합에서 대한민국의 수도권을 대상으로 한 차원 관문 상륙 작전은 크게 실패했다.

몇 명은 책임을 피할 수 없어 자리에서 물러나거나 참수당했고 대책을 논의하기 위해 리블하인은 대회의장으로 각 종족의 대표들을 소집했다.

"인간의 냄새가 나는군."

오크 대표 헬로드는 대회의장의 문을 열기 무섭게 코끝을 찔러 오는 '인간'의 냄새에 눈동자를 바쁘게 움직였다.

이윽고 그는 제국 특무군 사령관인 아레스 백작의 모습을 찾을 수 있었다. 아레스는 자연스럽게 다른 대표단의 사이에 끼어 있었다.

"오크 대표 왔나?"

오크와 같은 파벌에 소속되어 있는 오우거 대표 베그가 헬로드에게 다가와 말을 걸었다. 헬로드는 같은 파벌의 대표들이 모여 있는 곳으로 가서 앉았다.

"왜 인간이 대회의장에 있는지 알고 있나?"

"그건 나도 모르겠군. 하지만 뱀파이어 대표가 데려온 건 확실해."

베그가 대답했지만 헬로드의 궁금증을 충족시키지는 못했다. 종족 연합의 대회의장에 인간이 모습을 드러낸 것은 처음이었기 때문에 다른 종족 대표들도 내키지 않은 듯했지만 크게 내색하지는 않았다.

모두 하나의 종족령을 대표하는 이들이었기 때문에 제국과 동맹의 중요성을 인식하고 있는 것이었다.

"뱀파이어 대표는 무슨 생각이지? 신성한 대회의장에 인간을 데려오고 말이야……."

헬로드는 눈살을 찌푸렸다.

종족 연합에 소속된 이들은 인간을 하찮게 여기는 경향이 있었는데, 뱀파이어 파벌이 가장 심한 편이었다. 하지만 누구보다 동맹의 중요성을 알고 있는 이들 또한 뱀파이어 파벌이었다.

"뭔가 일이 터졌다는 것만큼은 분명합니다."

트롤 대표 쿠라에의 목소리였다. 그는 아레스에게 머물렀던 시선을 거두었다.

"일이 터졌다고? 그게 무슨 말이야?"

베그가 물었다. 아레스가 대회의장까지 왔으니 잠시 후면 알게 되겠지만 베그는 잠깐의 궁금증도 참지 못하는 성격이었다.

쿠라에는 고개를 저으며 입을 열었다.

"오우거 대표께서는 여전하시군요. 제가 굳이 설명할 필요도 없을 정도로 뻔합니다."

"왕국 연합 쪽 전선에 문제가 생긴 건가……?"

베그의 목소리에 확신이 없었다. 지능이 높다고는 해도 그는 오우거였다. 복잡하게 생각하는 것을 좋아하지 않았다.

"침공 계획에 문제가 생겼을 수도 있습니다."

"침공 계획은 종족 연합에서 담당하는 게 아니었나?"

"상륙과 던전은 저희가 관리하지만, 정보 조달과 공작은 제국에서 담당하고 있습니다."

"아, 그랬지……."

쿠라에의 설명에 베그는 고개를 끄덕였다.

이종족이 인간의 모습이 되려면 아이템이나 마법을 사용해야 하기 때문에 잠입과 공작에 어려움이 있었다. 그래서 같은 인간으로 구성된 제국 측에서 정보 수집과 공작을 맡고 있었다.

"모두 모인 것 같으니 대회의를 시작하겠습니다."

헬로드와 베그, 그리고 쿠라에가 대화를 나누는 동안 종족 연합의 대표들이 모두 모였다. 다크 엘프령의 대표인 이시리아가 맑은 목소리로 종족 연합 대회의의 시작을 알렸다.

"다크 엘프 대표. 묻고 싶은 게 있다."

"말씀하시지요. 오크 대표."

"종족 연합의 대회의장에 제국의 백작이 있는 이유가 궁금하군."

헬로드가 질문을 던졌다.

"그것은……."

"침공 계획에 문제가 생겼기 때문에 제가 직접 찾아온 겁니다."

이시리아가 설명하려고 입을 연 순간 제국 특무군 사령관 아레스가 일어나며 대답했다.

그가 대회의장의 중앙으로 발걸음을 옮겼다.

"침공 계획에 어떤 문제가 발생했다는 말인가?"

종족 연합의 대표 중 한 명이 질문을 던지자 모두의 시선이 아레스에게 집중되었다.

그들은 제국의 특무군 사령관인 아레스가 종족 연합의 대회의장까지 찾아온 이유를 궁금해하고 있었다.

오직 사전에 내용을 보고 받은 뱀파이어 파벌의 대표들만 침착한 표정을 유지하고 있을 뿐이었다.

아레스는 차분한 표정으로 입을 열었다.

"사냥이 시작되었습니다."

"어떤 종류의 사냥을 말하는 것인지 모르겠군요."

쿠라에가 차분한 목소리로 자세한 설명을 요구했다.

"노블 오더와 제국 특무군에서 지구에 위장 침투시킨 병력이 사냥당하고 있다는 말입니다."

"그럴 리가요? 제국에서는 위장 침투 병력이 발각되지 않을 것이라고 자신만만했던 거로 기억하는데요?"

제국의 과거 발언을 날카롭게 지적한 여성은 엘프 대표인 나이아스였다.

아레스의 시선 또한 나이아스에게 향했다.

"지구의 마도학 기술로는 불가능합니다. 아무래도 제국의 마도학자들 중 한 명이 배신을 한 것 같습니다."

현재 상황에서 추측할 수 있는 가장 일반적인 경우였다.

"상황이 얼마나 심각한 겁니까?"

이번에 질문한 이는 트롤 대표, 쿠라에였다. 그는 변수에 대항하려면 어떤 상황인지 먼저 파악해야 한다고 생각했다.

"생각보다 심각합니다. 특무군 사령부에 보고가 도착했을 땐 이미 사냥이 가속화되어 있어서 손을 쓸 수가 없었습니다. 주요 국가들에 위장 침투시킨 병력의 절반 이상이 당하면서 정보망이 사실상 마비되었습니다."

"그럼 이제는 차원 관문을 열고 병력을 상륙시킬 때 정보 및 공작 지원을 받을 수 없다는 겁니까?"

아레스가 대답하자 쿠라에가 계속해서 질문을 던졌다.

"러시아를 제외한 주요 국가들이 같은 상황입니다. 정확한 이유는 알 수 없지만, 러시아에 위장 침투한 병력은 무사하며 정보망은 손상을 입지 않았습니다."

"충분하다."

리블하인의 목소리였다. 더 이상의 설명은 불필요하다고 판단한 것이었다.

아레스도 자신의 역할이 끝났다고 생각했기에 고개를 끄덕이고는 자신의 자리로 돌아갔다.

"다들 알겠지만, 적국을 공격할 때 정보와 파괴 공작은 중요합니다. 대부분의 국가에 제국이 힘들게 구축한 정보망과 공작 병력이 무너졌으니……"

리블하인은 잠시 말을 멈추고 아레스를 향해 차가운 시선을 보냈다.

이번 일에는 제국의 책임도 있었기 때문에 아레스는 얌전히 입술을 깨물고 있을 수밖에 없었다.

"우리는 이제 러시아를 공격할 수밖에 없습니다."

리블하인은 러시아에 대한 공격 의사를 밝혔다. 종족 연합에서 가장 강력한 파벌을 이끄는 그는 사실상 종족 연합의 수장이었기 때문에 반대 의견은 없었다.

"그럼 러시아에 대한 공격 계획을 세우도록 하겠습니다."

리블하인의 입가에 미소가 번졌다. 이번에는 성공할 것 같은 예감에 기쁜 마음이 앞섰다.

🦅

-이 정도면 최고의 컨디션이라고 생각합니다. 최대 전력으로 전투에 임해도 무리가 없을 겁니다.

리슈발트가 성준의 몸 상태를 살핀 뒤, 보고했다. 그는 성준의 컨디션을 쉽게 파악할 수 있었다. 서로 연결되어 있기 때문이었다.

"준비 운동도 할 겸 A급 던전 솔플 일정이나 잡을까?"

-좋은 생각인 것 같습니다. 역시 주군이십니다.

A급 던전이면 최고 B급 헌터, 이른바 상위권에 속하는 헌터들이 입장할 수 있으며 드랍되는 마정석을 모두 매각하면 최소 5억 원에서 최대 200억 원까지 정산금이 발생한다.

그만큼 공략 난이도도 높고 위험하지만, 대한민국 최초이자 유일의 SS급 헌터인 성준에게는 준비 운동 수준에 불과했다.

-그런데…… 오늘 이진호 박사와 약속이 있다고 들었습니다.

"아…… 그랬었지?"

리슈발트는 충직한 부관답게 성준이 잊고 있었던 약속을 깨우쳐 주었다.

진호는 해외에서 이름을 알린 실력 있고 유명한 의사로 성준이 거금을 소모하여 수혁의 전담 의료팀장으로 고용했다.

성준은 시계를 확인했다. 까맣게 잊고 있었는데 30분 후면 약속 시간이었다. 진호가 저택으로 찾아오기로 한 게 아니었다면 늦을 뻔했다.

"일단 응접실로 가야겠다."

산책을 갔다 온 직후였기 때문에 외출복을 입고 있었다. 성준은 리슈발트에게만 들릴 정도의 목소리로 혼잣말을 중얼거리며 응접실로 발걸음을 재촉했다.

"한석아. 이진호 박사님 오면 2층 응접실로 안내해 줘."

"알겠습니다."

신철과 장훈, 그리고 정철은 던전 공략 일정 때문에 저택에 없었다. 그래서 성준은 마침 업무가 있어서 본채를 서성이고 있던 한석에게 진호의 안내를 부탁했다.

그는 곧장 고개를 끄덕이며 대답했고 성준은 2층 응접실 안에 들어가 소파에 앉았다.

"이진호 박사님이 도착했습니다."

본채에서 근무하는 고용인이 보고했다. 한석에게 말을 해두었으니 곧 2층 응접실로 올 것이다.

"마실 것 좀 부탁할게요."

"알겠습니다."

이윽고 고용인이 따뜻한 차와 과자를 가져와서 탁자 위에 올려놓았다. 할 일을 끝낸 고용인이 나간 직후에 가벼운 노크 소리와 함께 문이 열리고 진호와 한석이 걸어 들어왔다.

"저는 이만 가보겠습니다."

한석이 응접실을 나가자 진호는 성준의 앞자리에 앉았다. 그는 성준을 보며 희미한 미소를 머금은 채 입을 열었다.

"오랜만에 뵙는 것 같습니다."

진호는 수혁의 의료팀장이었기에 저택 본채에 자주 출입했지만, 성준이 다른 일로 워낙 바빠서 마주치지 못했던 적이 많았다.

"그러게요. 새로 개발한 치료제를 투약하고 시간이 좀 지난 것 같은데…… 아버지의 상태는 어떻습니까?"

"상태가 호전되고 있습니다. 이 정도면 긍정적인 현상이라고 자신 있게 말할 수 있습니다."

"그렇습니까?"

상태가 호전되고 있다는 말은 지금까지 몇 번 들어본 적이 있었다. 조금 더 긍정적인 대답을 듣고 싶었기 때문에 성준은 속으로 한숨을 내쉬었다.

"그래도 악화되고 있는 건 아니라서 다행이네요."

"치료제가 제대로 작용하고 있는 것 같습니다. 부작용도 전혀 없습니다."

애초에 서국 신약개발연구소에서 만든 치료제는 수혁의 몸 상태를 체크 하면서 그를 위해 제작했기 때문에 부작용이 거의 없을 수밖에 없었다.

"그리고 윤설아 씨가 전해달라고 부탁한 말도 있습니다."

"그게 무엇입니까?"

"치료제를 공개하기 위한 절차가 진행 중이니 조금만 더 기다려 달라고 하더군요. 절차가 조금 까다로운 모양입니다."

"아무래도 그렇겠죠."

성준은 고개를 끄덕였다. 세상에는 쓸데없는 절차가 참 많다고 생각했다.

"그럼 저는 이만 강수혁 씨를 보러 가보겠습니다."

"그렇게 하세요."

진호가 응접실에서 먼저 떠나고 성준도 차갑게 식은 차를 입안에 털어 넣고 일어나려는 순간이었다.

노크와 함께 문이 열리더니 제니퍼가 걸어 들어왔다.

"잠깐 시간 괜찮으십니까?"

"러시아 문제입니까?"

"그렇습니다."

"밀실로 가죠."

보안이 필요한 이야기인 것 같았다.

저택에서 가장 보안이 삼엄한 곳은 '밀실'과 '상황실'이었다.

성준과 제니퍼는 곧 밀실로 이동했다. 성준이 밀실의 문을 닫자 제니퍼가 차분한 표정으로 입을 열었다.

"미국에서 연합 위원회의 참여를 제안했지만, 러시아는 단호하게 거절했습니다."

"아무래도 러시아가 상황을 제대로 파악하지 못하는 것 같군요."

"동의합니다."

"대규모 레이드 상황이 발생해야 정신을 차릴 것 같네요."

성준이 말했다.

그리고 그때 이계에서는 종족 연합의 대군이 러시아에 상륙할 준비를 끝낸 상황이었다.

8장
겨울의 땅이 붉게 물들다

각 국가에는 레이드 상황을 관측하고 헌터들을 통제하기 위한 기관이 있었다. 한국에는 레이드 상황실이 있고 미국에는 베타 본부 관측국이 있다. 그리고 러시아에는 레이드 관제국이 있다.

관제국은 효율적인 레이드 관리를 위해 중앙 연방 관구에 본부를 두고 있으며, 각 연방 관구에 지부가 있다.

관제국 총괄국장을 맡고 있는 하노프는 사무실에서 따뜻한 커피를 마시고 있었다. 창문 밖으로는 모스크바의 아름다운 야경이 한눈에 들어왔다.

"슬슬 퇴근 시간인가……?"

레이드가 언제 발생할지 모르기 때문에 관제국의 최고 간부인 총괄국장조차도 퇴근이 불규칙할 수밖에 없었다. 이미 시간은 늦었지만, 레이드도 발생하지 않았고 더 관리해야 할 일도 없었기 때문에 하노프는 퇴근을 준비했다.

"총괄국장님!"

노크도 없이 국장실의 문을 열고 들어오는 한 직원에 의해 하노프의 퇴근 계획은 방해받고 말았다.

"노크 정도는 하고 들어오게."

하노프의 목소리에서 짜증이 섞여 나왔다. 퇴근을 방해받는 건 레이드 관제국의 업무 특성상 자주 있는 일이었지만 노크도 없이 갑자기 뛰어 들어왔다는 게 마음에 들지 않았다.

"지금 노크하는 게 문제가 아닙니다! 비상사태입니다!"

"대규모 레이드 상황이라도 관측되었나?"

다급해 보이는 직원과 달리 하노프는 여유로운 표정으로 물었다. 레이드 규모가 크다면 발생하기 전에 먼저 관측하는 것은 어려운 일도 아니었고 드물지도 않았다.

러시아는 국토가 넓어서 그런지 사전에 관측할 수 있을 정도의 대규모 레이드 상황이 빈번하게 벌어지는 편이었다.

"그렇습니다. 대규모 레이드 상황이 관측되었습니다."

"상황 발생 예상 시간은? 30분인가? 아니면 1시간……?"

하노프의 질문에 직원은 고개를 저으며 입을 열었다.

"상황 발생 예상은 약 일주일 후입니다. 그리고 규모는 러시아 전역입니다."

직원의 대답에 하노프는 들고 있던 찻잔을 떨어뜨리고 말았다. 그는 너무 충격을 받은 나머지 쉽게 입을 열지 못했다.

하지만 그는 이런 상황에 대비하여 훈련과 교육을 받았기 때문에 곧 정신을 차렸다.

"지금 즉시 대통령님께 이 사실을 보고하고 러시아 내의 모든 헌터들에게 공문을 보내게나."

"타국에도 지원을 요청해야 하는 거 아닙니까?"

"그건 대통령님께서 판단할 문제인 것 같군."

하노프가 대답했다.

그리고 그날, 러시아 대통령은 러시아 연방이 시작되고 처음으로 UN과 타국에 헌터 및 군 병력의 지원을 요청했다.

휴식기가 길었다.

"리슈발트. 동조율은?"

가볍게 몸을 풀기 위해 A급 던전의 솔플 공략을 끝낸 성준은 리슈발트를 보며 물었다.

-동조율 변화는 없습니다.

리슈발트가 대답했다. 혹시나 했지만 역시나였다. 솔플이라고는 하지만 A급 던전이라서 그런지 동조율의 상승이 없었다.

얼마 전에 기습해 온 성혈 기사단을 사냥하는 것으로 동조율의 급상승이 있었기 때문에 크게 기대하지는 않았었다.

성준은 고개를 끄덕이며 관리국 직원에게 던전 공략 사실을 알렸다.

"처리가 끝났습니다."

던전 관리국 직원의 대답을 들은 성준은 차를 타고 저택으로 돌아갔다.

오랜만에 신철, 그리고 장훈과 함께 늦은 점심식사를 끝낸 그는 정원을 산책하고 있었다.

10분 정도 걸었을까?

본채 쪽에서 황급히 뛰어나오는 제니퍼의 모습을 볼 수 있었다.

성준은 발걸음을 멈추고 그녀를 향해 몸을 돌렸다.

뜀 걸음으로 달려온 그녀는 성준의 앞에서 발걸음을 멈추고 입을 열었다.

"급히 보고드릴 일이 있습니다. 밀실로 이동하셔야 할 것 같습니다."

밀실로 이동해야 할 정도로 비밀스러운 일은 '연합 위원회'와 관련된 것밖에 없다. 성준은 대답 대신 고개를 끄덕인 뒤, 제니퍼와 함께 밀실로 이동했다.

밀실의 문을 닫고 마주 보고 앉기 무섭게 제니퍼가 입을 열었다.

"러시아에서 헌터 및 군 병력의 긴급 지원을 요청했습니다."

"러시아에서 대규모 차원 관문이 열릴 예정인가 보군요."

성준의 지휘하에 연합 위원회가 이계인 사냥을 시작한 지도 시간이 꽤 지났다. 러시아를 포함한 몇몇 국가를 제외하면 이계인의 색출과 박멸이 거의 끝을 보이고 있다는 보고를 받은 게 얼마 전이었다.

차원 관문을 열 때 현지에서 정밀 유도와 혼란 공작이 있어야 큰 효과를 보기 때문에 전 세계의 이계인들이 사냥당하고 있는 지금 제국과 종족 연합의 동맹이 선택할 국가는 러시아밖에 남아 있지 않았다.

"네. 약 일주일 후에 대규모 차원 관문이 열릴 것으로 관측되었다고 합니다."

"일주일 뒤라고요? 도대체 규모가 어떻게 되는 겁니까?"

성준은 놀랄 수밖에 없었다. 얼마 전에 대한민국에서 있었던 레이드 상황도 24시간 전에 관측되었던 것이었다. 그런데도 규모가 커서 수도권 전역이 불바다가 되었다.

관측 시간이 일주일인 이번의 러시아 레이드 상황은 얼마나 대규모일지 예상하기 힘들 정도였다.

"정확한 예상은 불가능하지만 러시아 전역이 격전지가 될 것입니다."

제니퍼의 대답에 성준은 상황이 생각보다 심각하다는 것을 알 수 있었다.

그 넓은 러시아 전역이 격전지가 될 것으로 예상될 정도라면 종족 연합에서 선봉대가 아닌 주 병력을 동원하였다는 것을 의미했다.

'러시아를 제외한 대부분의 국가에서 이계인이 사냥당했으나……'

종족 연합에게 있어서 선택지는 없었다. 러시아에 남은 침투 병력마저 전멸하기 전에 최대한 많은 병력을 동원하여 공격을 퍼부어 점령 깃발을 꽂아야만 했다.

"러시아 단독으로는 감당할 수 없겠죠?"

"네. 중앙헌터국과 CIA에서는 연합 위원회의 도움이 없으면 러시아는 완전히 무너질 것이라고 판단하고 있습니다."

"러시아도 그걸 인지하고 있는 것 같습니까?"

"다급하게 지원을 요청한 것을 보면 확실하게 인지하고 있는 것 같습니다."

제니퍼가 대답했다.

성준의 입가에 미소가 번졌다.

"이제 러시아가 다시 협상 테이블에 오를 준비가 된 것 같네요."

"러시아 대통령에게 협상 제안을 넣을까요?"

"아뇨. 직접 연결해 주세요. 상황실에 설비가 갖춰져 있죠?"

성준은 확인을 위해 질문했다.

"네. 지금 바로 준비하겠습니다."

제니퍼가 먼저 상황실로 이동했고 성준도 그녀를 뒤따라 발걸음을 옮겼다.

성준이 도착했을 때는 제니퍼가 통신 연결을 위한 모든 준비를 끝낸 뒤였다.

"러시아 대통령과의 직통 회선의 연결을 요청했습니다."

성준은 만족스러운 표정으로 고개를 끄덕였다. 우수한 요원답게 일 처리가 빠른 점이 마음에 들었다.

"얼마나 기다려야 해요?"

"보통 러시아 대통령은 저희 대통령님께서 연결을 요청해도 시간을 두고 수락하는 경우가 많지만 아마 이번에는……."

제니퍼가 말을 끝내기도 전에 중앙의 모니터가 켜지면서 러시아 대통령의 모습이 나타났다.

"바로 받을 겁니다."

그녀는 남은 말을 마치며 옆으로 물러났다.

성준은 정면의 모니터를 보며 입꼬리를 끌어 올렸다.

"오랜만입니다. 러시아 대통령."

예전에 러시아 정보국과 마찰이 있었을 때 화상 통신으로 얼굴을 본 적이 있었다. 그래서 '처음 뵙겠습니다.' 대신에 '오랜만입니다'라는 인사말을 선택해서 사용했다.

러시아 대통령은 바로 대답하지 못했다.

"대통령님? 러시아 상황은 제가 들어서 알고 있습니다. 입 다물고 계셔서 해결될 문제가 아닐 텐데요?"

3분쯤 지나서 성준이 재촉한 뒤에야 러시아 대통령은 굳게 닫혀 있던 입을 열었다.

"과거의 불미스러운 사건에 대해서는 다시 한번 죄송하다는 말씀을 드립니다."

러시아 대통령은 성준이 직접 통신을 연결한 이유를 알고 있는 것인지 상당한 저자세를 보였다. 불가침 조약을 맺었을 때와는 달리 진심이 담긴 사과라는 것을 성준은 알 수 있었다. 그만큼 러시아의 상황이 좋지 않다고 볼 수도 있었다.

"지원을 원하십니까?"

성준은 굳이 돌려 말하지 않았다.

그의 물음에 러시아 대통령은 말없이 고개를 끄덕였다.

"연합 위원회에 대해서는 알고 있습니다."

러시아 대통령이 말했다. 러시아에도 참가 제안이 갔었기 때문에 당연히 연합 위원회의 존재를 알고 있었다.

"그리고 지금 시점에서 이렇게 연락이 온 것을 보면 강성준 씨가 연합 위원장이겠군요."

"그렇습니다. 제가 연합 위원장을 맡고 있습니다."

성준은 솔직하게 대답했다.

지금 타이밍에 직통 회선을 사용한 순간부터 연합 위원장 직위가 러시아 대통령에게 노출되는 것을 예상하고 있었다.

"연합 위원회의 병력 지원이 필요합니다! 부탁드립니다! 부디 러시아를 도와주십시오!"

러시아 대통령은 간절한 마음을 담아 고개를 숙였다.

이것으로 지난 정보국의 공격으로 인해 상한 감정이 회복될 것이라고 생각하지는 않았지만, 조금이라도 진심이 전해지길 바랐다.

"연합 위원회의 도움이 필요합니까?"

"뭐든지 하겠습니다."

"제 밑으로 들어오세요. 제가 제시하는 조건으로 러시아가 연합 위원국이 되어서 이계인 사냥에 협조하고 지원할 의사를 표명한다면 병력을 보내겠습니다."

절대적인 '갑'은 성준이었고 러시아 대통령은 선택권이 많지 않았다.

성준이 굴욕적인 조건을 제시하더라도 '러시아'라는 국가가 무너지는 것을 막기 위해서는 받아들일 수밖에 없었다.

"무슨 조건을 제안해도 받아들이겠습니다. 그러니 러시아를 도와주십시오."

러시아 대통령이 간절한 목소리로 말했다.

'어떤 제안이라도 받아들이겠다'라는 말이 나왔으니 성준도 더 이상 모질게 굴 생각은 없었다.

그는 차분한 표정으로 고개를 끄덕이며 입을 열었다.

"곧 연합 위원회의 병력이 러시아를 지원하기 위해 움직일 겁니다."

"감사합니다."

"감사하기는 일러요. 병력이 움직이기 전에 조약서가 먼저 도착할 겁니다. 당연하지만 마정석의 루팅 권한도 모두 연합 위원회에 있습니다."

"알겠습니다."

불합리한 조약이었지만 러시아 대통령은 고개를 끄덕일 수밖에 없었다. 러시아의 존망 여부가 그의 어깨를 무겁게 짓누르고 있었다.

통신이 끝나고 제니퍼에게 추가 지시를 내리는 성준의 입가에 선명한 미소가 번졌다.

"조약서를 전송했습니다."

"확인이 끝나고 효력이 발휘되는 순간부터 병력을 움직이세요."

"네. 알겠습니다."

"수고하셨습니다. 잠시 쉬어도 좋습니다."

쉬어도 좋다는 말에 제니퍼가 먼저 상황실을 떠났다.

리슈발트와 함께 남은 성준은 싸늘한 웃음을 흘렸다.

그 모습을 보며 리슈발트가 입을 열었다.

-역시 주군이십니다. 마정석 루팅권을 확보하셨군요.

러시아 전역을 뒤덮는 레이드 상황이다. 드랍되는 마정석이 상상도 하기 힘들 정도로 많을 것이 분명했다.

"절반은 '기부' 형식으로 돌려줄 생각이야. 재건 비용이 필요할 거니까."

-러시아의 민심도 잡을 수 있겠군요.

"그래. 나쁠 건 없다고 생각해."

-저 또한 동의합니다!

종족 연합의 러시아 공격이 결정된 직후, 제국 특무군 사령관 아레스 백작은 황실 마탑을 방문했다. 사전에 연락은 하지 않았지만, 황실 마탑주 안펠리코는 집무실에서 아레스를 기다리고 있었다.

"효과가 있었습니까?"

마탑의 제자가 다과를 올려놓고 나가기 무섭게 안펠리코는 아레스를 보며 질문했다.

왕국 연합과의 전쟁이 한창인데 특무군을 총지휘하는 위치에 있는 아레스가 종족 연합까지 찾아간 것엔 이유가 있었다. 지구에 침투시킨 병력이 큰 피해를 입었다는 사실을 보고하기 위해서 찾아간 것은 당연히 아니었다. 그런 단순한 역할만 가지고 먼 길을 가기에는 특무군 사령관의 자리가 결코 가볍지 않았다.

"'경고'와 '자극'은 충분한 것 같습니다. 종족 연합이 주력군을 소집했습니다. 곧 러시아를 공격한다고 합니다."

지금까지의 '상륙'은 균열을 자주 만들어서 차원을 불안정하게 만들려는 계략이었기 때문에 동원된 군대는 주력군이 아니었다.

하지만 이제는 차원이 충분히 불안정한 상태였고 지구에 침투시킨 병력이 큰 피해를 입었기 때문에 무리해서 주력군을 동원할 수밖에 없었다.

"그나저나 우연의 일치인지는 모르겠지만 용케도 거대한 균열을 찾아냈더군요."

"종족 연합에도 뛰어난 마법사들이 있습니다. 그리고 예전부터 차원 균열을 꾸준히 자극해 왔기 때문에 가능한 겁니다."

안펠리코가 설명했다.

아레스는 고개를 끄덕이며 찻잔을 입가로 가져갔다. 따뜻한 커피를 한 모금 마시자 여독이 어느 정도 풀리는 것 같은 생각이 들었다.

"뱀파이어령의 상황은 어떻습니까? 그쪽이 최근 수상하다는 보고가 있습니다. 최근 정보총국의 보고도 있었고 아레스 백작께서도 특무군 조사 부대에서 그런 이야기가 나왔다고 하지 않으셨습니까?"

특무군 조사 부대는 전선에서 활동하는 정보 부대였다. 그리고 정보총국은 정보를 분석하고 다루는 기관이었다. 조사 부대에 비해 전문화되어 있다.

"리블하인 대표가 성혈 기사단을 비밀리에 지구로 보냈던 것은 확실한 것 같습니다. 이번 원정대에 진혈 근위대 전력은 많이 포함되어 있었지만, 성혈 기사단은 소극적은 태도를 보였습니다. 현지의 조사관이 마지막으로 보낸 정보가 맞으면 성혈 기사단의 공작 1명과 후작 11명이 '하얀 악마'한테 도륙당한 모양입니다."

"그건 놀라운 일이군요. 그 정도 전력이라면 검성급은 되어야 막아낼 수 있을 건데……."

안펠리코는 놀란 표정을 감추지 못했다. 강대한 제국에도 검성이라는 이름의 초월자들은 현재 25명밖에 없었다.

"이제는 '하얀 악마'를 두고 검성 논쟁을 펼치는 건 무의미하다고 생각됩니다."

제국과 종족 연합의 고위층에서는 여전히 하얀 악마가 검성이 아니라고 생각하는 이들도 적지 않았다.

하지만 아레스는 이번에 습득한 정보를 공개하면 그 논쟁이 종결될 것이라고 생각했다.

"하얀 악마도 중요하지만 뱀파이어령의 최근 행보를 주목할 필요가 있습니다. 하얀 악마가 눈에 거슬린다고는 하지만 성혈 기사단의 대규모 전력을 동원했다면 우리가 모르는 뭔가가 있다고 판단할 수밖에 없습니다."

"성혈 기사단은 뱀파이어 대표 리블하인이 독자적으로 은밀하게 동원할 수 있는 최대의 전력이죠. 공식적으로 기록이 남는 진혈 근위대나 중앙군을 동원하지 않은 걸 보면 숨기고 싶은 게 있는 모양입니다."

아레스가 고개를 끄덕이며 대답했다. 특무군 사령관다운 날카로운 분석이었다.

"특무군 사령관. 하얀 악마가 가장 최근에 출현한 곳이 어딥니까?"

"종족 연합의 엘프령으로 확인되었습니다."

"성혈 기사단이 움직인 이유가 엘프령에 있을지도 모르겠군요."

마법사계의 엘리트인 황실 마탑주답게 분석 능력이 수준급이었다.

아레스도 감탄한 표정으로 찻잔을 입가로 가져갔다. 대화가 길어진 탓에 커피는 어느새 바닥을 보이고 있었다.

"이미 엘프령에 조사 부대를 보내두었습니다."

아레스가 말했다. 행동이 빨라야만 제국에서 살아남을 수 있었다.

그의 말을 들은 안펠리코는 고개를 끄덕이며 입을 열었다.

"그렇다면 조만간에 재밌는 사실을 알게 될 수도 있겠군요."

"황제 폐하께서도 좋아하실 겁니다."

아레스는 대답과 함께 빈 찻잔을 내려놓았다.

"조약서에 러시아 대통령이 서명한 것을 확인했습니다."

제니퍼가 보고했다.

성준은 만족스러운 표정으로 고개를 끄덕였다. 이제 연합 위원회에 병력 이동을 지시할 때가 되었다.

마침 두 사람은 상황실에 있었다.

성준은 중앙에 놓인 연합 위원장의 의자에 앉은 뒤, 차분한 표정으로 입을 열었다.

"병력은 준비되어 있겠죠?"

"네. 미리 지시하셨던 대로 언제든지 지원 행동에 나설 수 있게 준비해 두었습니다."

"좋습니다. 연합 위원장의 이름으로 최고 지령을 전달하겠습니다."

"내용은 어떻게 하시겠습니까?"

전달될 지시는 뻔했지만, 확인할 필요가 있었다.

성준은 제니퍼를 향해 시선을 옮겼다.

"러시아로 병력 이동입니다."

"즉시 전달하겠습니다."

제니퍼가 대답했다. 그녀는 성준에게 임시로 부여받은 권한을 사용하여 각 연합 위원국에 연합 위원장의 지시를 전달했다.

그의 한 마디에 연합 위원회에 참가한 수십 개의 국가에서 2만이 넘는 헌터들과 100만이 넘는 군 병력이 일제히 러시아를 향해 움직였다.

"저희도 지금 이동합니까? 러시아에서 보낸 전세기가 인천국제공항에 도착한 상태입니다."

성준의 뒤를 지키고 있던 한석이 물었다. 그는 연합 위원회의 간부 신분이기 때문에 상황실에 출입할 권한을 가지고 있었다.

"우리도 전용기 하나 살까?"

"자금은 충분한 걸로 알고 있습니다. 길드장님께서 지시를 내려주시면 괜찮은 모델을 알아보겠습니다."

한석이 대답했다.

하지만 성준은 짧은 고민 끝에 곧 고개를 저었다.

"천천히 알아보자. 일단 인천국제공항으로 가자."

전용기 구입은 급한 게 아니었다. 일주일이라는 시간제한이 걸려 있는 러시아로 이동하는 게 먼저였다.

"길드원들을 소집하겠습니다."

한석은 스마트폰을 꺼내 들었다.

하지만 성준은 손을 들어 올려 그를 저지했다.

"제로스한테만 연락해. 남은 길드원들은 저택 경비."

로드 길드의 주력이라고 할 수 있는 성준과 한석이 러시아에 있는 동안 아버지인 수혁이 있는 저택의 경비도 소홀할 수는 없었다.

대한민국에 잠입 침투해 있던 이계인들은 대부분 사냥되었지만 조심해서 나쁠 건 없다고 생각했다. 성준에게 있어서 수혁의 안전은 언제나 최우선 고려 사항이었다.

"연락했습니다. 차고에서 기다리겠다고 합니다."

한석이 말했다.

성준은 고개를 끄덕인 뒤, 차고를 향해 발걸음을 옮겼다. 5분 정도 걷자 차고에 도착할 수 있었다. 제로스는 성준이 자주 이용하는 헌터 세단에 시동을 걸고 있었다.

"강성준 경 오셨습니까?"

"직접 운전하려고?"

"그것도 나쁘지 않군요."

성준의 물음에 제로스는 입가에 희미한 미소를 머금은 채 운전석에 탑승했다. 조수석에는 한석이, 그리고 뒷좌석에는 성준과 제니퍼가 탑승했다.

"출발하겠습니다."

"인천국제공항으로 가면 됩니다."

제니퍼의 말이 끝나기 무섭게 4명을 태운 헌터 세단이 인천 국제공항을 향해 출발했다.

"이계인 잔당이 남아 있을지도 모르니까, 나준열 씨를 저택 경비로 돌리는 게 좋을 것 같군요."

이동하는 길에 성준이 말했다.

"그렇게 처리하겠습니다."

대답과 함께 스마트폰을 꺼내는 제니퍼였다. 그녀는 연합 위원회의 간부는 아니었지만, 임시로 권한 일부를 허가받은 상태로 성준의 잡다한 업무를 보조하고 있었다. 사실상 비서 나 다름없었다.

그녀는 스마트폰을 3분 정도 만지더니 성준을 보며 입을 열 었다.

"처리되었습니다. 24시간 안에 나준열이 저택 경비에 합류 할 예정입니다."

"수고했습니다."

"이제 러시아를 지원할 연합 위원들의 규모와 기본적인 작 전 개요를 설정하셔야 합니다."

제니퍼가 말했다.

성준은 연합 위원장이었기 때문에 연합 위원회에서 진행되 는 모든 작전을 관리하고 감독해야 했다. 굉장히 귀찮은 일이지만 제니퍼라는 유능한 비서가 함께하고 있기 때문에 걱정 없었다.

성준은 인천국제공항으로 이동하는 시간 동안 제니퍼의 도움을 받아서 연합 위원회 업무를 처리했다. 연합 위원장이 되면서 전 세계적인 막강한 권력을 손에 넣었지만 그만큼 귀찮은 업무가 많이 생긴 것 또한 사실이었다.

"도착했습니다."

인천국제공항에 도착했다. 주차를 끝낸 제로스가 보고와 함께 먼저 운전석에서 내린 뒤, 뒷좌석의 문을 열어주었다.

"제니퍼 씨. 다른 헌터들은 어떻게 이동할 예정입니까?"

성준이 헌터 세단에서 내리는 동안 제로스가 제니퍼를 보며 질문했다.

"군용 항공기로 이동할 예정입니다."

"그렇군요."

대답을 들은 제로스는 고개를 끄덕였다.

제니퍼는 스마트폰을 귓가로 가져갔다. 그녀가 누군가에게 전화를 걸고 5분이 지나지 않아서 성준 일행을 전세기로 안내할 인원이 찾아왔다.

"강성준 헌터님? 전세기까지 모시겠습니다!"

상황이 급하니 모든 절차가 생략되었다. 중간에 차량을 갈아타고 전세기에 탑승할 때까지 30분이 걸리지 않았다.

-VIP의 탑승이 확인되었습니다. 이륙하겠습니다.

기내에 안내 방송이 흘러나왔다. 성준을 배려한 것인지 러시아어가 아니라 한국어였다.

바쁘게 움직이던 승무원들도 자리에 앉아서 안전벨트를 착용했다. 이윽고 전세기는 인천국제공항에서 이륙하여 러시아로 향했다. 이륙과 함께 대한민국 공군에서 보낸 전투기 3기로 이루어진 편대가 항공기를 호위했다.

"이대로 10시간 정도 비행해서 모스크바 근처의 러시아 공군 비행장에 착륙할 예정입니다."

제니퍼가 설명했다. 성준은 대답 대신 고개를 끄덕였다.

"강성준 헌터님? 개인실로 안내해 드리겠습니다."

러시아인 미녀 승무원이 다가와 어색한 한국어로 말했다. 전세기라서 그런지 개인실도 마련되어 있는 모양이었다.

"제가 수행하겠습니다."

"그럼 저는 여기서 대기하고 있겠습니다. 필요하시면 최한석 씨를 통해서 찾아주세요."

한석이 수행원을 자처했다.

제니퍼는 자리를 지키겠다고 말했다. 개인실만큼은 아니었지만, 그녀가 앉아 있는 곳도 충분히 편안해 보였다.

"여깁니다."

승무원이 개인실의 문을 열며 말했다. 지금까지 전세기의 개인실을 여러 번 이용해 보았지만 지금 이곳처럼 넓었던 적은 없었다. 예상외의 규모에 성준은 적지 않게 놀랐으나 표정을 다스렸다.

"벽에 호출 버튼이 있으니 언제든지 승무원을 호출할 수 있으십니다. 그럼 편히 쉬세요."

승무원이 고개를 숙인 뒤, 개인실을 떠났다.

"저는 문을 지키고 있겠습니다."

한석은 수문장을 자처했다. '충성의 룬'이 각인되어 있는 탓에 그는 성준의 충직한 부하였다.

-주군에 대한 러시아의 태도가 많이 변했군요. 역시 급하면 태도가 달라질 수밖에 없는 것 같습니다.

"그런 것 같다."

성준은 고개를 끄덕이며 리슈발트의 말에 동의했다.

러시아 정보국장의 저택에 무장 병력이 들이닥쳤다. 갑작스러운 '방문'에 저택 경비원들이 달려 나왔다.

"러시아 연방 보안국에서 나왔다. 저항하는 자는 즉각 체포하겠다."

신분증은 진짜가 분명했기 때문에 저택 경비원들은 무기를 버리고 집행에 따를 수밖에 없었다.

순식간에 저택 경비원들을 무력화시킨 러시아 연방 보안국 요원들은 조를 나누어서 저택 내부를 철저하게 수색했다.

"팀장님! 정보국장을 확보했습니다!"

"그쪽으로 가겠다."

러시아 정보국장은 자신의 서재에 있었다. 서재에서 책을 읽고 있다가 갑작스러운 상황 발생에 몸을 피하지 못한 것이었다. 러시아 연방 보안국의 정당한 집행이기에 도망친다고 해도 범죄자가 된다는 사실은 변함이 없다.

"큭······."

정보국장은 분한 마음을 이기지 못하고 짧은 신음을 삼켜야만 했다. 무장한 보안국 요원 2명이 그를 감시하고 있었다.

이윽고 팀장급 요원이 서재로 들어왔다.

"중요한 시국인데, 보안국에서 나를 왜 찾는 건가?"

"잘 알고 계시는군요. 중요한 시국이기 때문에 대통령님께서 직접 보안국에 집행 명령을 내리셨습니다."

"대통령님께서 직접······? 그럴 리가······."

"정보국장을 맡고 계시니 보안국의 집행 과정은 잘 알고 계실 것이라 생각됩니다."

팀장의 말에 정보국장은 마른침을 삼켰다.

그가 보안국이 일을 처리하는 방식을 모를 리가 없었다. 집행이라는 이름으로 시베리아의 설원에 조용히 묻힌 시체는 셀 수 없을 정도로 많았다. 자신도 그렇게 묻힐 수도 있다고 생각하니까 소름이 돋았다.

"대통령님께서 그런 지시를 내렸을 리가 없네! 대통령님을 만나게 해주게나!"

정보국장이 발악하듯 외쳤다. 팀장은 한숨과 함께 고개를 저으며 입을 열었다.

"SS급 헌터 강성준이 옵니다."

"뭐…… 라고? 그런 보고는 받은 적이 없는데……."

러시아 대통령이 보안국과 함께 은밀하게 진행한 일이니 정보국장이 알고 있을 리가 없었다.

"설마?"

"이제 알겠습니까? 지금 이건 '청소'입니다. 당신은 버림받았습니다. '전' 정보국장."

"마, 말도 안 돼!"

정보국장의 목소리가 커졌다.

버림받았다고?

믿을 수 없다. 아니, 도저히 믿고 싶지 않았다.

"발악해도 변하는 건 없습니다. 저희와 함께 시베리아로 가주셔야겠습니다."

10시간의 긴 비행이 끝났다.

성준과 일행들을 태운 항공기는 러시아의 중앙 연방 관구에서도 모스크바 인근에 위치한 공군 비행장에 착륙했다.

항공기에서 내린 성준은 러시아 공군 의장대의 사열을 받았다. 레이드 상황 시작까지 시간이 얼마 남지 않은 탓에 사열의 규모는 크지 않았지만, 러시아에서 신경을 많이 썼다는 것 정도는 알 수 있었다.

"강성준 씨?"

검은 정장을 갖춰 입은 남성이 다가왔다. 30대 중반으로 보였고 눈매가 날카로웠다. 성준이 고개를 끄덕이자 그는 허리를 숙이며 정중하게 인사를 했다.

"러시아에 오신 것을 환영합니다. 저는 크렘린 궁전 비서관을 맡고 있는 세르게이라고 합니다."

한국어였다. 어색하긴 했지만 이해하기 힘들 정도는 아니었다.

성준은 고개를 끄덕이며 입을 열었다.

"러시아군의 배치는 끝났습니까?"

"네. 차원 관문이 열릴 것으로 추정되는 중요 구역에 병력이 배치되었습니다."

세르게이가 대답했다.

러시아 국토는 넓었다. 그래서 연합 위원회로부터 병력 지원을 받았음에도 불구하고 모든 예상 지점에 병력을 배치하는 것은 무리였다. 그래서 러시아 정부에서는 우선순위를 정했다. 병력이 배치되지 않은 곳은 집중적인 피난 유도가 진행 중이었다.

"차량이 준비되어 있습니다. 모스크바 레이드 관제국으로 모시겠습니다. 체류하는 동안 머무를 숙소도 근처에 준비해 두었습니다."

차량 2대가 근처에서 대기하고 있었다.

성준과 일행들은 2대의 차량에 나누어 탑승했다. 목적지는 모스크바 레이드 관제국이었다. 2시간 정도를 쉬지 않고 달린 끝에 목적지에 도착했다.

-S급 헌터가 3명 있습니다. 경계가 생각보다 삼엄하군요. 다른 의도를 의심해 볼 수도 있을 것 같습니다.

리슈발트가 조심스럽게 조언했지만, 성준은 여유로운 미소를 머금은 채 고개를 저었다.

여기가 모스크바라고는 하지만 고작 S급 헌터 3명은 성준의 상대가 되지 못한다. 러시아도 그 사실을 알고 있을 것이고 무엇보다 국가 전체를 영향권으로 만든 레이드 상황이 코앞인데, 다른 생각을 할 리가 없다는 게 성준의 생각이었다.

"상황실로 안내하겠습니다."

성준이 고개를 끄덕이자 세르게이는 먼저 발걸음을 옮겼다.

계단을 통해 지하로 내려갔다. 지하로 내려가자 상황실로 통하는 긴 복도가 있었다. 복도의 끝에는 커다란 철문이 있었다.

세르게이가 비밀번호를 입력하고 지문을 인식하자 철문이 열리면서 상황실의 내부 모습이 드러났다. 정면에는 거대한 모니터가 있었고 그 앞으로 수백 대의 컴퓨터 앞에 수백 명의 요원이 앉아서 정보를 분석하고 있었다.

상황을 지휘하는 곳에는 커다란 원탁을 두고 수십 명의 사람이 앉아 있었다. 그들의 뒤로 수행원들의 모습이 보였다.

"러시아 대통령입니다."

제니퍼가 성준에게만 들릴 정도의 작은 목소리로 보고했다.

경비가 삼엄하다 싶었는데, 역시 이유가 있었다. 러시아 대통령이 상황실에 있었던 것이었다.

"다들 자리를 비켜주겠나?"

상황실에 모인 수백 명의 인원이 러시아 대통령의 그 한 마디에 자리를 비켜주었다. 러시아 대통령의 절대 권력을 알 수 있는 부분이었다. 그리고 그 절대적인 권력을 가진 러시아 대통령이 성준을 향해 고개를 숙이고 있었다.

"뭐라 드릴 말이 없습니다. 그저 감사할 뿐입니다."

"조약서에 서명한 이상, 저는 약속을 지킵니다. 걱정하지 마세요."

성준은 차분한 목소리로 말했다. 러시아와의 감정은 나쁜 편이었지만 새로운 조약이 체결되었으니 이제는 그가 약속을 지킬 차례였다.

"관련 인물들은 모두 제거했습니다. 러시아에 계시는 동안 불편한 상황은 없을 겁니다."

러시아 대통령이 설명했다.

성준을 공격하는 것을 선두에서 지휘했던 정보국장은 보안국 요원들과 함께 시베리아로 여행을 떠났다. 또한 당시 상황을 지휘했던 정보국 요원 대부분이 러시아 연방 보안국에 의해 체포되거나 죽임을 당했다.

러시아에 방문하는 성준을 위한 일종의 '대청소'였다. 딱히 바라고 있었던 것은 아니었지만 러시아에 체류하는 동안 잡음이 들리지 않을 것이라고 생각하니 기분이 나쁘지만은 않았다.

"배려해 주셔서 감사합니다. 그렇지 않아도 러시아 정보국과 불미스러운 마찰이 있었기에 조금 염려했었습니다."

성준은 은근슬쩍 러시아 정보국의 과거 행적을 강조했다.

러시아 대통령의 표정은 흔들리지 않았다. 그는 철저하게 표정을 관리했다. 성준이 철저한 '갑'의 위치에 있었기 때문에 러시아 대통령의 입장에서는 불만이 있어도 표출할 수 없었다.

"러시아에 체류하는 동안 얼굴 붉히는 일은 없을 겁니다."

"네. 저도 아무 일도 없기를 바라고 있습니다."

성준은 미소를 머금은 채 대답했다.

둘의 대화가 끝나자 상황실 문이 열리고 사람들이 들어왔다. 그들은 본인의 자리를 찾아가 앉았다.

"각 연방 관구의 상황을 보고하겠습니다!"

중령 계급의 군인이 브리핑을 시작했다. 브리핑이 이어질수록 현재 러시아의 상황이 생각보다 좋지 않다는 것을 알 수 있었다.

"예비군을 포함해 모든 병력과 물자를 동원했지만, 국토 전역을 수호하는 것은 불가능할 것 같습니다."

좋지 않았다. 차원 관문은 초기에 제압하지 않으면 계속해서 웨이브를 소환하여 암세포처럼 주변을 침식하게 된다. 그러면 영향권과 격전지가 넓어져서 차원 관문의 파괴가 힘들어지고 피해가 커지게 된다.

"제니퍼."

성준은 연합 위원회에서 비서 역할을 맡고 있는 제니퍼를 불렀다.

"말씀하세요."

"연합 위원회의 추가 지원을 불가능한 겁니까?"

성준은 질문을 던지면서도 크게 기대하지 않았다. 각 국가에서도 레이드 상황이 발생하는 것을 대비하기 위한 최소한의 병력을 남겨둬야 할 테니까.

"추가 지원을 요청할 수는 있습니다. 아직 예비 병력을 남겨

둔 위원국이 생각보다 많습니다. 그런데…… 지원 병력이 대규모 레이드 상황 발생 전에 도착할 수 있을지는 장담할 수 없습니다."

예상대로였다. 대규모 병력이 움직이면 시간이 오래 걸릴 수밖에 없는 것이 사실이었다.

성준은 짧은 한숨과 함께 입을 열었다.

"그래도 지원 요청해 두세요. 장기전이 될 수도 있을 것 같습니다."

이번 상륙이 실패하면 더 이상 종족 연합에게는 기회가 없을 것이라고 성준은 생각했다.

종족 연합 쪽에서도 자신들의 처지를 잘 알고 있을 것이다. 그렇기 때문에 이번 상륙에 상당한 숫자의 주력군을 동원할 것으로 보였다. 초기에 차원 관문을 파괴해야만 하는 상황이지만 병력 부족으로 그것이 힘들 테니, 장기전이 될 확률이 매우 높았다.

"알겠습니다. 연합 위원장님의 권한으로 추가 지원을 요청하겠습니다."

제니퍼의 대답을 들은 성준은 고개를 끄덕이며 관계자들을 향해 시선을 옮겼다.

"들으셨지요? 추가 지원을 요청했습니다. 차원 관문을 초기에 전부 파괴하는 것은 무리겠지만 최대한 버텨주셔야겠습니다."

"최선을 다하겠습니다."

여기저기서 최선을 다하겠다는 대답이 들려왔다.

브리핑은 30분 정도 더 진행된 끝에 종료되었다.

"숙소로 안내해 드리겠습니다."

크렘린 궁전의 비서관, 세르게이는 브리핑이 끝나기 무섭게 성준에게 다가와 말했다.

숙소에 대한 정보를 전달받지 않은 상태였기 때문에 성준은 흔쾌히 고개를 끄덕였다.

그들을 태운 차량은 모스크바 중심에 위치한 저택 앞에 멈췄다. 세르게이가 먼저 내려서 뒷좌석의 문을 열어주었다.

성준이 차에서 내리자 그는 숙소에 대해 설명하기 위해 차분한 표정으로 입을 열었다.

"대통령님의 별장입니다. 모든 편의 시설이 갖춰져 있습니다. 편하게 이용해 주십시오."

"세르게이 씨는 별채에서 지낼 예정입니까?"

성준이 물었다. 본채 옆에 작은 별채가 있었다. 수행원들이 지내는 공간으로 보였다.

세르게이는 고개를 끄덕이며 입을 열었다.

"네. 원활한 연락을 위해서 별채에서 지낼 예정입니다. 언제든지 호출해 주시면 달려가겠습니다."

크렘린 궁전 비서관이면 결코 낮은 직책은 아니었지만, 그는 성준을 깍듯하게 모셨다. 아마 러시아 대통령으로부터 관련된 지시 내용이 있었을 것이다.

"잘 부탁하겠습니다."

성준이 대답했다.

러시아에서 얼마나 머물게 될지 몰랐다. 장기전이 되면 체류 기간이 길어질 것이겠지만 성준은 대한민국으로 전쟁의 불씨가 퍼지는 것을 막기 위해서라면 감내할 수 있다고 생각했다.

"이제 다들 들어가서 쉬도록 하죠."

성준이 말했다. 제니퍼와 한석, 그리고 제로스는 고개를 끄덕이며 저택 안으로 들어갔다.

그날 성준은 쉽게 잠을 이루지 못했고 마침내 잠의 늪에 빠져들었을 때도 악몽을 꾸고 말았다. 그날 꿈에서 러시아는 피바다가 되었다.

러시아 중앙 연방 관구, 그중에서도 모스크바 인근의 상공에 군용 정찰기 1대가 모습을 드러냈다.

"차원 균열에 이상 발생. 차원 관문의 생성이 확인되었습니다."

기내에서 복잡한 수식이 가득한 화면을 집중해서 보고 있던 관측병이 황급히 보고했다.

지휘관석에 앉아 있던 관측 장교가 무전기를 들어 올렸다.

"예상 지점에서 벗어난 곳에 차원 관문이 생성된 것을 확인했다. 좌표를 보냈으니 정밀 화력 유도 지원을 요청한다!"

-입감했다. 즉시 포격 영향권을 벗어나도록.

군용 정찰기가 차원 관문 영향권에서 벗어나기 무섭게 모스크바 인근에서 대기하고 있던 미사일 부대로 화력 지원 명령이 전달되었다.

"모든 화력을 퍼부어! 헌터들이 격전지에 도착할 때까지 마물 놈들의 발을 묶어둬야 한다!"

미사일 부대는 지대지 미사일을 쉬지 않고 날려 보냈다. 예상 지점에서 벗어난 곳에 차원 관문이 생성되었기 때문에 헌터들이 도착할 때까지 '확산'을 막아야만 했다.

현대 무기로 마물들을 죽이거나 피해를 입힐 수 없었지만 그들의 움직임을 지연시키는 것 정도는 가능했다.

"레이드 공격대가 인근에 도착했습니다!"

"화력 지원을 중단하라!"

마물들과 달리 헌터들은 현대 화기에 피해를 입기 때문에 아군의 화력 지원에 피해를 입을 수도 있었다. 그래서 무차별적인 화력 지원은 불가능했다.

"무인 정찰기가 차원 관문의 추가 생성을 확인했습니다! 근처 공격대에 지원을 요청하는 중입니다!"

"움직일 수 있는 예비 공격대가 없습니다!"

"뭐라고? 모스크바에 공격대가 더 있지 않나?"

"대기 중인 6개 공격대는 모스크바 방어 때문에 움직일 수 없습니다!"

모스크바에는 36개의 공격대가 편성되어 있었다. 그중 6개의 공격대가 방어 목적으로 움직이는 기동대였다.

"벌써 30개의 공격대가 활동 중이라고?"

"모스크바 인근에서만 차원 관문이 8개 생성된 게 확인되었습니다!"

"맙소사!"

관측병의 대답에 지휘관은 경악했다. 상황이 좋지 않았다. 어쩌면 러시아의 종말이 다가왔을지도 모른다고 그는 생각했다.

성준이 지휘하는 공격대는 수송 헬기를 타고 차원 관문으로 향했다. 모스크바와 가장 가까운 차원 관문이었기 때문에 빨리 파괴해야만 했다.

"상황은 어떻습니까?"

"저지선이 아직 버텨주고 있습니다."

성준의 물음에 중위 계급의 장교가 대답했다. 레이드 상황을 일주일 전에 예측한 덕분에 저지선을 계획적으로 미리 구축해 둘 수 있었다.

"도착할 때까지 버틸 수는 있을 것 같습니까?"

저지선을 미리 구축해 두었다고는 하지만 안심할 수는 없었다. 레이드 규모는 크고 병력은 한정되어 있기 때문이었다.

"제가 장담할 수 없는 문제인 것 같습니다."

중위 계급의 장교가 대답했다.

긍정적인 대답이 들려오지 않는 것으로 보아 상황이 좋지 않은 것 같았다.

성준은 짧게 한숨을 쉬며 입을 열었다.

"얼마나 걸릴 것 같습니까?"

"차원 관문까지 15분 정도 걸릴 겁니다. 조금 전에 웨이브가 진행되었으니 지금 당장 차원 관문 주변에는 보스와 하수인 마물들 외에는 없을 겁니다."

그는 자신만만하게 말했지만, 예상은 빗나가고 말았다.

저지선 하나가 무너지는 바람에 기존의 계획은 엉망이 되었고 다음 웨이브가 시작되는 바람에 차원 관문 근처까지 이동하지 못했다. 마물들의 저항이 너무 거셌다.

"여기서 내리셔야 할 것 같습니다!"

수송 헬기 편대장의 판단이었다.

성준은 공격대에 지시를 내렸다. A급 이상의 헌터들로 구성된 정예 공격대가 수송 헬기 편대에서 뛰어내려 착지했다.

"웨이브 옵니다! 전투계 앞으로!"

성준은 착지와 동시에 마물 무리의 마력을 감지하고는 지시를 내렸다. 공격대의 헌터들이 일제히 무기를 꺼냈다.

"대형을 유지하고 방어를 강화합니까?"

한석이 물었다. 성준이 방어를 강화한다고 대답한다면 마법 함정을 설치할 생각이었다.

"마물 무리와 조우할 때까지 이동한다. 어차피 차원 관문을 파괴하기 전까지는 안 끝나."

성준이 대답했다. 그가 지휘를 맡은 공격대의 최우선 목표는 차원 관문의 파괴였다. 저지선 방어를 맡은 게 아니었기 때문에 이곳에서 가만히 마물 무리의 접근을 기다릴 여유가 없었다.

공격대는 차원 관문이 있는 방향으로 전진하기 시작했다.

5분 정도 걸음을 옮겼을까?

희미하게만 느껴졌던 마력이 점차 선명해지더니 얼마 지나지 않아서 다수의 마물이 모습을 드러냈다.

"리빙 아머다!"

공격대의 헌터 누군가 외쳤다. 통역 마법을 사용한 덕분에 러시아어를 알아들을 수 있는 한석이 성준에게 한국어로 바꿔서 전달해 주었다.

성준은 두 눈을 가늘게 뜨고 마물 무리를 살폈다. 레이드 상황에서 리빙 아머 무리가 지휘관도 없이 움직일 리가 없었다.

'용족이군.'

예상대로 용족이 지휘하고 있었다. 종족 연합에서 리빙 아머는 뱀파이어와 용족의 부족한 일반 병력을 보충하는 마물이었다.

"원거리 마법 공격!"

성준의 지시에 맞춰 마법계 헌터들이 일제히 스태프를 들어 올리며 마력을 모았다. 마법진이 생성되고 마력이 집결하면서 생기는 특유의 빛이 반짝였다.

"파이어 캐논!"

"라이트닝 볼트!"

"윈드 커터!"

헌터들의 공격 마법이 리빙 아머 무리를 덮쳤다. S급 헌터인 한석의 마법도 섞여 있었고 위력적인 마법 공격의 폭풍에 100기가 넘는 리빙 아머들 중 절반 이상이 파괴되었다.

하지만 마물들도 가만히 당하고 있지는 않았다.

쾅!

"크아악!"

"커헉!"

리빙 아머들의 틈에 섞여 있던 용족 마법사들이 공격 마법을 쏟아냈다.

마법계 헌터들이 방어 마법을 펼쳤지만, 공격대 전원을 보호하지 못했다. 결국 2명이 큰 부상을 입고 쓰러졌다. 한 명은 왼팔이 완전히 날아가는 치명상을 입고 말았다.

"최한석. 지휘를 부탁한다."

"확실하게 처리하겠습니다."

한석이 고개를 끄덕이며 대답했다. 성준은 안심하고 부상자들에게 다가가며 검을 들지 않은 왼손을 들어 올렸다.

"힐."

차분하게 마력을 모아 '힐'을 사용했다.

"이, 이럴 수가! 잘린 팔이 회복되고 있어!"

"이게 SS급 회복계 헌터인가?"

근처에 있던 헌터들은 SS급 회복계 헌터의 경이로운 치유 능력에 그저 감탄사를 쏟아내며 경악할 뿐이었다.

"내, 내 팔이……."

완전히 날아간 팔이 다시 생겨났으니 당사자도 놀랄 수밖에 없었다.

"정말 감사합니다!"

성준은 감사하다고 인사하는 전투계 헌터를 뒤로 한 채 전선으로 복귀했다.

어차피 러시아어로 말해서 성준은 알아듣지도 못했다. 다만 표정과 몸짓을 보아 그가 감사를 표한다는 것을 대충 짐작할 수는 있었다.

"리빙 아머들의 전멸을 확인했습니다!"

"용족 마법사 3체도 쓰러졌습니다!"

전선으로 복귀하기 무섭게 보고가 쏟아졌다. 성준이 부상당한 헌터들을 치유하는 동안 한석이 모두 처리한 모양이었다.

"마물 무리의 규모가 크지 않아서 공격 마법 교환 과정에서 전멸시킬 수 있었습니다."

제니퍼가 다가와 보고했다. 그녀도 A급 마법계 헌터였다. 성준은 보지 못했지만, 이번 마법전에서 그녀의 활약도 적지 않았다.

"계속 이동하겠습니다. 모두 움직일 수 있겠죠?"

사실상 부상을 입었던 2명의 헌터를 보며 묻는 것이었다. 성준의 말을 한석이 통역해 주었다.

"문제없습니다."

"강성준 씨 덕분에 부상은 완전히 회복되었습니다."

'힐'을 받았던 2명의 헌터가 대답했다.

SS급 회복계 헌터의 '힐' 덕분에 조금 창백한 얼굴을 제외하면 부상을 입었던 흔적을 찾아볼 수 없었다.

"좋습니다. 차원 관문 쪽으로 계속 이동하겠습니다."

성준이 말했다. 공격대는 이동을 시작했다. 모두 마물 무리와 조우를 피하고 싶어 했지만, 지금과 같은 대규모 레이드 상황에서 그 생각은 사치였다.

"옵니다! 전투계 앞으로!"

성준의 말은 한석이 통역해서 전달했다. 전투계 헌터들이 지시에 맞춰 앞으로 이동했다.

"이번에는 조금 많습니다!"

기척이 잡히는 마물 무리의 수가 많았지만 성준은 침착하게 공격대를 독려했다.

이윽고 마물 무리가 모습을 드러냈다. 조금 전과 마찬가지로 용족과 리빙 아머 등으로 구성된 무리였지만 수는 훨씬 많았다.

"비공정도 접근하고 있습니다. 적들이 꽤 전략적으로 나오고 있습니다."

제니퍼가 보고했다. 고개를 들어보니 그녀의 말대로 비공정 3척이 빠른 속도로 접근해 오고 있었다.

그것이 끝이 아니었다. 다른 방향에서도 마물 무리의 접근이 감지되었다.

"최한석!"

"부르셨습니까?"

"지금 당장 관제국 상황실 연결해서 4번 차원 관문 상황 좀 알아봐!"

새로운 웨이브의 출현은 보고 받은 게 없었다. 그런데 마물 무리가 계속해서 나타나고 있었으며 비공정까지 접근하고 있었다.

이것은 좋은 징조가 아니었다. 성준은 저지선 절반 이상이 무너졌을지도 모른다는 최악의 상황까지 생각하고 있었다.

"알겠습니다."

한석은 고개를 끄덕이고는 무전기를 들어 올렸다. 그가 레이드 관제국 상황실과 통신을 연결하는 동안 제니퍼는 러시아 공군에 화력 지원을 요청했다.

어디선가 나타난 전투기 편대가 용족 비공정 3척을 향해 미사일을 쏟아부었다. 비공정의 접근을 잠시나마 지연시키기 위한 화력 퍼붓기였다.

"관제국 상황실로부터 4번 차원 관문 레이드 상황을 보고받았습니다."

통신을 끝낸 한석이 무전기를 집어넣으며 다가왔다. 공격대는 전방의 마물 무리와 공격 마법을 주고받고 있었다.

"상황은?"

"4번 차원 관문 주변의 저지선 절반 이상이 무너졌다고 합니다. 이미 격전지가 확산되고 있습니다."

"예상했던 대로네."

성준은 고개를 저었다. 예상이 빗나가기를 바랐지만 적중하고 말았다.

"관제국 상황실에서는 모스크바로 물러나서 전력을 재정비할 것을 추천하고 있습니다."

"아니야…… 그건 안 돼……."

성준은 고개를 저었다. 물러나는 것도 하나의 방법이겠지만 그렇게 될 경우 잃게 되는 게 너무 많았다.

개인적으로 러시아를 좋아하지는 않았지만, 이 넓은 영토에 종족 연합의 깃발이 꽂히게 될 경우 최악의 상황이 발생하게 된다. 성준은 그것만큼은 피하고 싶었다.

"하지만 저지선 절반 이상이 무너진 상황에서 진입을 시도하면 포위될 가능성도 있습니다."

제니퍼가 의견을 내놓았다.

"지원 요청을 하자."

"위험합니다. 섣불리 나서지 않을 겁니다. 편성된 공격대의 수에 비해 차원 관문이 너무 많이 열렸습니다."

제니퍼는 고개를 저었지만 성준은 한석에게 신호를 보냈다. '충성의 룬' 때문에 성준의 지시라면 무조건 따를 수밖에 없는 한석은 다시 무전기를 들어 올렸다.

세 사람이 그러는 와중에도 마법전은 치열하게 진행 중이었다.

"공격대의 추가 지원을 요청합니다."

한석이 무전기에 대고 말했다.

하지만 한참이나 응답이 들려오지 않았다.

제니퍼는 고개를 저었고 성준은 입술을 깨물었다. 마음 같아서는 혼자서 차원 관문을 박살 내고 돌아오고 싶었지만 그렇게 될 경우 장기전이 될 게 뻔한 지금 상황에서 마력을 너무 낭비하는 꼴이 돼버린다.

기다림이 길어지고 한석이 무전기를 내려놓으려는 순간이었다.

-여기는 레이아. 지원 요청에 응답하겠다.

SSS급 헌터가 응답했다.

To Be Continued